愚者的片尾

「冰菓」系列 ②

Why didn't she ask EBA?

(日) 米泽穗信 /著
Honobu Yonezawa
方宁/译

湖南美术出版社

○ 楔子……001

一 参加试映会吧!……007

二 『古丘废村杀人事件』……055

三 『不可见的入侵』……087

四 『Bloody Beast』……117

五 很有味道……147

六 『万人的死角』……157

七 不去庆功宴……177

八 片尾字幕……209

后记……217

剧场1楼

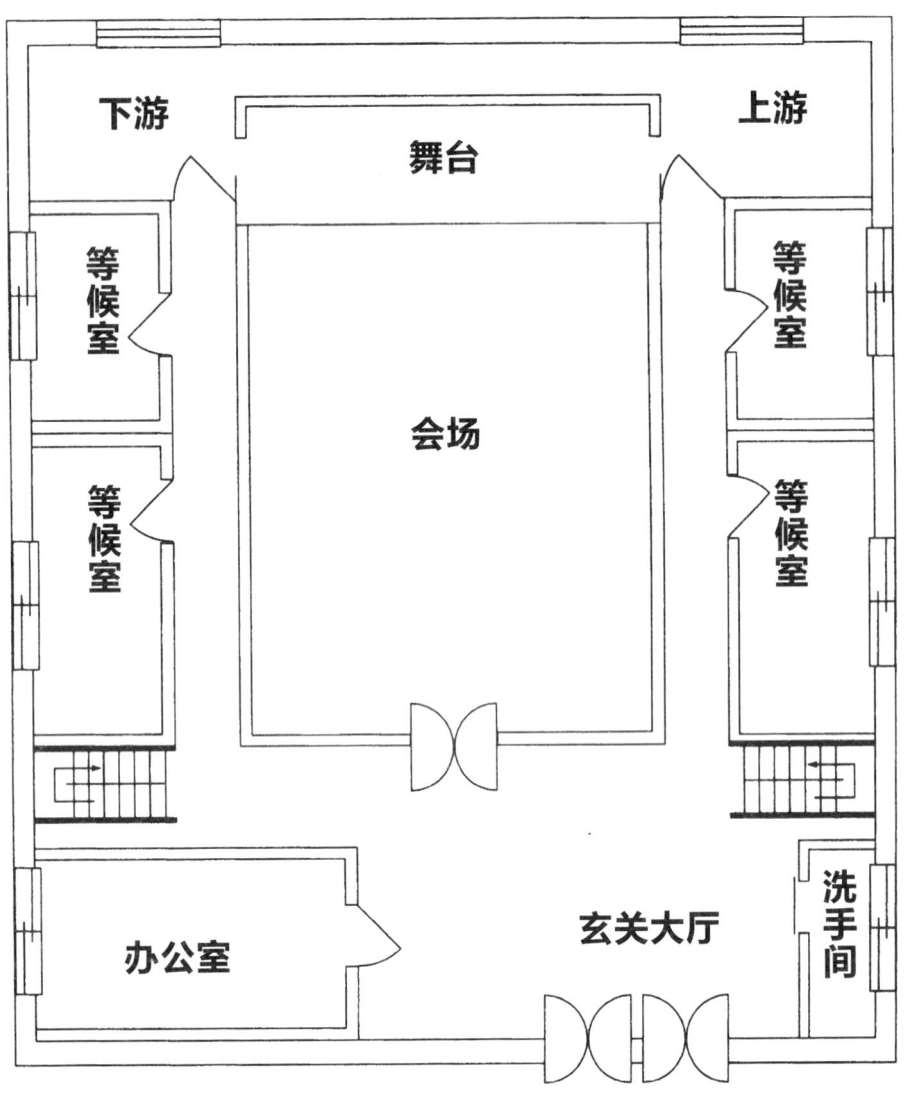

剧场2楼

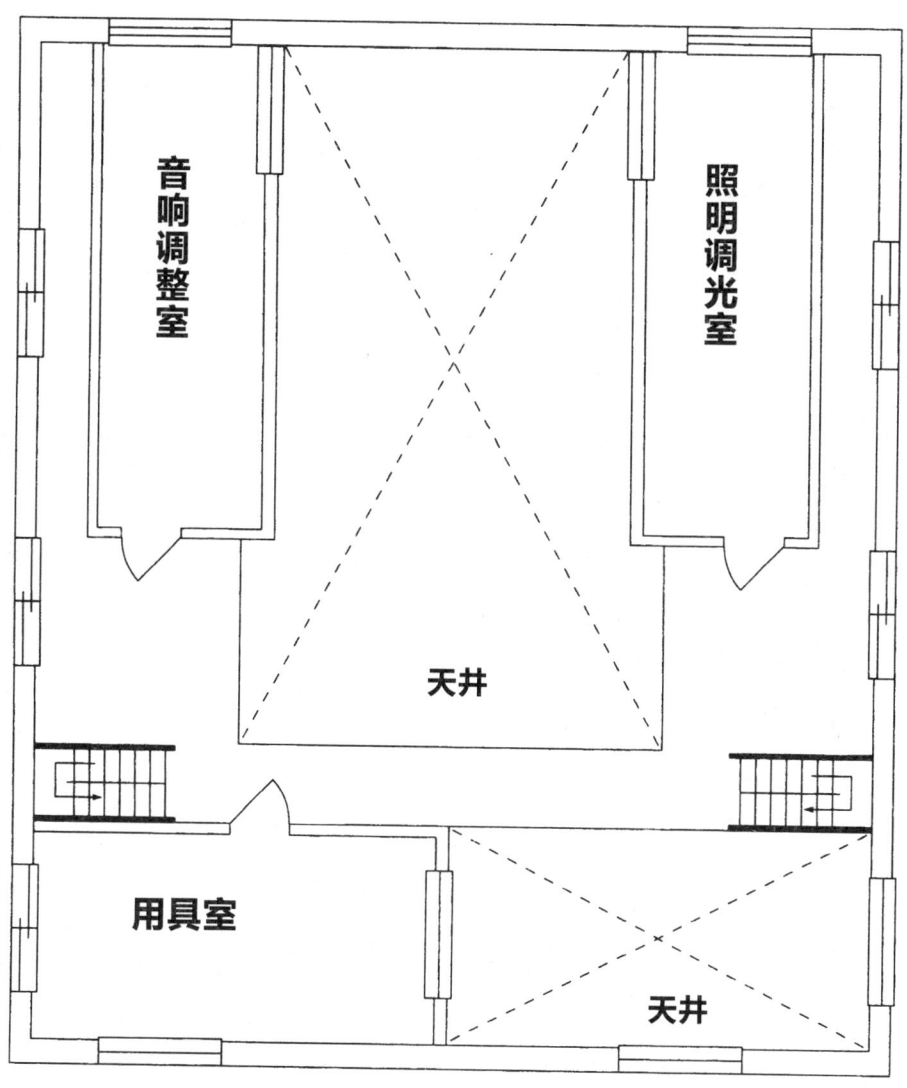

○
楔子

愚者的片尾
Why didnt she ask EBA?

日志编号00205

请输入姓名：真的没有办法吗？

MAYUKO：对不起

请输入姓名：这样下去你就要成为坏人了。即使如此也没关系？

MAYUKO：我会向大家道歉的

MAYUKO：现在只能这样做了

请输入姓名：这不是道歉可以解决的问题

请输入姓名：我不是在责怪你

请输入姓名：而是说必须要解决掉才行

MAYUKO：我知道

MAYUKO：但是已经无计可施了

MAYUKO：我实在是

MAYUKO：对不起

请输入姓名：这样啊，我知道了

请输入姓名：确实你本来就不适合这种工作

请输入姓名：真亏你能坚持到现在

MAYUKO：对不起

请输入姓名：可以了。你不需要道歉

请输入姓名：接下来就交给我处理吧

楔子

MAYUKO:你愿意接受吗

请输入姓名:如果我能做到的话,那一开始就做了

请输入姓名:我没这个能耐,不过我会寻找方法的

MAYUKO:?

请输入姓名:但是,即使一切顺利,也应该

请输入姓名:不会朝你期望的方向发展吧

日志编号00209

是·我·啦♪:抱歉啦。

请输入姓名:不不

请输入姓名:既然是这样的情况,那也没办法

是·我·啦♪:可爱的后辈有事相求,我是很想助你一臂之力的。

是·我·啦♪:但这一次实在……

是·我·啦♪:距离和时间不是人力所能改变的事情嘛。

请输入姓名:请问

请输入姓名:还有其他人选吗

请输入姓名:能做到这种事情的人

是·我·啦♪:人选。

是·我·啦♪:唔。

是·我·啦♪:……

003

愚者的片尾
Why didnt she ask EBA?

请输入姓名:学姐?

是·我·啦♪:ZZZ……

请输入姓名:学姐

是·我·啦♪:开玩笑啦。

是·我·啦♪:有那么一个人选

是·我·啦♪:虽然不太可靠，不过只要用对方法就应该没什么
　　　　　问题了

日志编号00214

请输入姓名:怎样?

L:我一定会娶

L:打错字了，是一定会去

请输入姓名:那我真是感激不尽

请输入姓名:关于时间和场所，我会再联络你的

L:我肥肠期待

L:是肥常

L:非常

请输入姓名:容我多嘴一下

请输入姓名:不需要选字的

请输入姓名:只要直接按回车键

楔子

L:事这样吗

L:是这样吗

L:啊啊,真的呢

请输入姓名:那么,麻烦你了

请输入姓名:对了,既然你要来

L:嗯

请输入姓名:就把你的朋友也带过来吧。三个人左右

L:可以吗

请输入姓名:我记得你是古籍研究社的社员吧?

请输入姓名:如果能把你们的社员一起带过来,我会很开心的

一
参加试映会吧!

愚者的片尾
Why didnt she ask EBA?

俗话说"上天不造人上人，亦不造人下人"，"上天不赐予二物"。如果这些警句属实的话，那么上天应该早日整顿一下纲纪才好吧？不管怎么粉饰，都无法否定一个人的价值会因为地域差异而不同的现状。而且不要说是二物了，才能多到一只手都数不过来的人也毫无疑问是存在的。我们这些普通人在看着天才大放异彩感到羡慕嫉妒恨的同时，也会对自己可能存在的才能抱有一丝期待。这是司空见惯的情况，但老实说这一切实在是太空虚了。

暑假也步入尾声。在去学校的途中，我对老朋友福部里志说明了这样的想法。里志听了之后，用力点头表示同意。

"一点也没错。我当了十五年的福部里志，但这具身体似乎一点天赋都没有啊。尽管大器晚成这个词语让人还能抱有那么一丝期望，可是我没有什么特别的专长，所以希望渺茫了吧。"

"不过，如果考虑到天才也希望能够过上普通生活的话，天赋异禀什么的倒也不是那么值得羡慕的事情。"

"奉太郎，你觉得普通人的生活很有魅力吗……奉太郎的话，也许是这样吧。"

然后，里志随口追加了一句。

"但是，奉太郎真能过上这样的生活吗？"

我不明白他这句话的意思。看到我露出诧异的表情，里志意味深长地微微一笑。

一 参加试映会吧！

"我知道福部里志没有才能。但是，关于折木奉太郎是不是和我一样，我还是持保留意见的。"

"啥？"

这家伙说的话里面往往带有玩笑的成分，所以我稍微思考了一下要不要将里志的话不打折扣地听进去。我有两个异议，首先第一个是——

"要我说，你认为自己是普通人的自我分析也太随便了。像你这样能够广泛积累知识的人可不多见啊。"

里志耸了耸肩。

"那倒是。关于这点我还是有自信的。但是啊，就算将这种本领发挥到极致，也当不上猜谜王。仅仅是知识广泛根本派不上用场。"

是吗？

不管了，我还有另外一个异议。

"你说我不是普通人？你也太不会观察人类了吧。"

"我又没有断定。只是说保留意见而已。"

"哪儿来的这种必要？"

"你说哪儿来的嘛……"

里志稍微思考了一下，指向出现在前方的神山高中。

"从那里来的。"

"校舍？"

"不是校舍，是地学教室。我们古籍研究社的活动室啊……之前的'冰菓'事件，你的表现相当精彩啊。老实说，我完全没料到

愚者的片尾
Why didnt she ask EBA?

奉太郎能做得那么完美。在没有彻底了解奉太郎在那方面的才能之前，我就只能保留意见了。"

里志笑着说道。相对的，我则是一脸苦涩。

"冰菓"事件。说是事件，但并不是什么刑事案件。应该也不是民事吧。"冰菓"是我和里志隶属的活动目的不明团体"古籍研究社"的文集名字。为什么文集会取这么奇怪的名字？其中有一言难尽的理由。由于那个文集的关系，这几个月碰到了不少麻烦事，而我则在那些事情之中起到了一定的作用。里志意有所指的就是关于我起到的"作用"吧。

里志感慨地说道：

"是奉太郎解决了那起事件。"

"解决什么的，你太抬举我了。那只是运气好而已。"

"运气啊。我没有问你的自我评价，关键在于我是怎么看待奉太郎的。"

他满不在乎地说出了被某些人听到可能会觉得很狂妄的话语。不过我早就习惯了他的口气，所以并不会觉得不爽。

福部里志，我的老朋友兼好对手。作为一名男生，他的个头不高，再加上白皙的面容，远看的话可能会被误认为女生。但其实他是个很有胆识的男人，为了追求自己感兴趣的事情，他能够满不在乎地将"必要的事情"放在其次。他总是随身携带不知道放着什么东西的束口袋，眼睛和嘴角一直带着笑意。里志甩着他的束口袋说道：

"先不说这些了，现在几点了啊？"

一 参加试映会吧！

"你自己看表啊。"

"在这里面，我懒得拿出来。"

他拍了拍束口袋。里志很少戴手表，基本上都是靠手机的时钟来解决。

"嫌麻烦应该是我的注册商标才对吧。"

"'如果可以不去做的话，那就不做。实在非做不可的话，那就赶紧做掉'吗？"

里志笑着说道，就像是在揶揄我的生活信条一样。我一边看向自己的手表，一边进行订正。

"是'实在非做不可的话，那就尽快解决'……现在是十点过一点。"

"你的信条也没有伟大到需要背得一字不漏吧？已经十点了啊，我们走快点吧。就算千反田同学会原谅我们迟到，摩耶花可没那么好说话。"

关于这点我基本同意，惹恼伊原摩耶花的话后果很严重的。另外我不清楚里志是不是知道，其实惹恼千反田也是一样的。配合加大步伐的里志，我也提升了自己的速度。

绿灯亮了，我们走过十字路口，看到了校门。明明是暑假，神山高中却和平时一样到处都是学生。

操场和校舍聚满了身穿便服或校服的学生。音乐系的社团里传出了音乐声。操场的一角搭建了一个类似纪念碑的物体。另外不知

愚者的片尾
Why didn't she ask EBA?

道是哪个社团，还有在练习武打场面的人。尽管现在依旧是暑假期间，神山高中却充满了学生的活力。这一切都是为了神山高中文化祭在做准备。

神山高中的学生数量大约是一千人。除了是所升学学校，文化类的社团比较活跃还有文化祭非常盛大之外，其他方面都挺普通。校内有三栋大型建筑——普通教室所在的普通大楼、特别教室所在的特别大楼，以及体育馆。我们的古籍研究社是用特别大楼四楼的地学教室作为活动室。

我们在中庭快步前进，合唱社与阿卡贝拉社仿佛在比拼一般放声高歌。我的生活信条正如里志所说，"如果可以不去做的话，那就不做。实在非做不可的话，那就尽快解决"，说得更直接一点那就是"节能主义"。所以我的生活方式与在文化祭以及其他学生生活中倾尽全力的"他们"大不相同。不过我并不觉得这个不同有什么不好。

我们从校舍的入口经过游廊来到特别大楼。走过晾着一块长幅画布的走廊，上了楼梯。一口气爬上四楼还是挺累的，而且现在是夏末。我拿出手帕擦拭了一下汗水，进入了地学教室。

刚一进门，斥责声就迎面而来。

"你们太慢了！"

叉腰站立在教室中央的是古籍研究社社员兼古籍研究社文集《冰菓》实质上的总编，和我有份孽缘的伊原。

伊原摩耶花。我们的关系并不亲密，但不知为何就是断不了和她的缘分。她小学时候就有一张成熟的脸，但升上高中后也没太大变化，结果现在看来反而变成娃娃脸了。尽管外表稚气，但是她的个性非常严苛。不仅对于别人的错误绝对不会手下留情，对自己更是严厉到残酷的地步。她现在大发雷霆的原因很简单，因为今天古籍研究社是规定在十点到活动室集合的。

叉腰站立的伊原说道：

"阿福你有什么借口要说吗？"

里志笑容僵硬地回答道：

"因为不能骑自行车……"

"这种事情之前就知道了吧。"

顺便一提，神山高中一向允许学生在暑假骑自行车到学校来。但是，由于停车场在进行整备，所以这几天采取了禁止措施。

"你认真一点啊，阿福。原稿也还没有写好呢。"

里志张开双手，极为勉强地进行反驳。

"等、等一下啊，摩耶花。奉太郎不是也迟到了吗？"

居然把矛头转向了我啊。不过，伊原只是瞄了我一眼，马上重新面向里志。

"折木怎样都无所谓啦。"

……这样啊。

关于伊原，我再补充一点，这家伙对里志有意思，她本人也对此毫不掩饰。然而，作为当事人的里志却一直对伊原躲躲闪闪。我不知道他们是从什么时候开始的，对于其中的理由也一无所知。

愚者的片尾
Why didn't she ask EBA?

话说，古籍研究社是由四名一年级学生组成的。我、里志、伊原，以及身为社长的千反田爱瑠。但是现在我没有在活动室看到千反田的身影。

"真过分，你有双重标准。"

"你在说什么啊，才没有这回事。"

我打断了他们无意义的对话。

"喂，伊原。千反田也没有来呀？"

"我哪有什么双重标准……咦，小千？是啊，她还没有来。我有点担心呢。"

原来如此，不是双重啊。里志喃喃自语。

"应该是三重才对。"

伊原难得地笑了。

说曹操，曹操到。就在这时，门静静地打开了，千反田走了进来。

千反田爱瑠。她有着一头黑色长发，身材纤细柔弱，看上去就像是深闺大小姐一样。事实上，她的确是在神山市一角拥有广大田园的"富农千反田家"的大小姐。全身散发出高雅的气质，只有那双大眼睛例外。要我说，那双眼睛才是千反田的象征。伊原只不过是外表像小孩子，而千反田则刚好相反，她对森罗万象表现出来的旺盛好奇心完全不输给小孩子。再加上她的知性已经建立了完整系统，所以很难对付。

时钟的指针已经指向了十点半。千反田对我们深深地低头行礼。

"对不起，我迟到了。"

一 参加试映会吧！

千反田与懒惰根本联系不到一起。尽管她并不能算是一丝不苟，不过迟到是很少见的。伊原大概也是这样觉得吧，她以丝毫没有带责备意思的语气询问道：

"怎么了，发生了什么事吗？"

"嗯，我跟别人谈事情，不小心就谈太久了。"

究竟是谈什么事情啊？不说清楚的话就不能算是解释清楚了吧。不过我话还没说出口，千反田就继续说道：

"至于具体是什么事情，我晚点会告诉大家的。"

她似乎在策划着什么。我有不好的预感。

"嚯……算了，没关系。那我们就开始吧。"

古籍研究社今天的集会是要讨论在文化祭上发行的古籍研究社文集《冰菓》的整体设计，也就是字体的选择、插图的插入位置、纸张选择等诸多事项。我对于这方面是兴致缺缺，全部交给伊原来决定也无所谓，但是伊原本人不肯同意。她认为大家都既有出钱，又有写稿，所以关于文集制作的全局方面，也是有相应的权利与义务的。虽然不管是权利还是义务我都不想要，不过反正暑假也没有什么特别要做的事情。

伊原从自己的包里取出几张纸的样本。

"这个是预算范围内最好的纸。这个是最便宜的。差别很大对吧？除了外观以外，吸墨性也……"

她马上开始了说明，里志和千反田专心致志地听着。尽管我只是个聊胜于无的背景，不过还是姑且表现出在听的样子。不然的话

愚者的片尾
Why didnt she ask EBA?

伊原会发火的。

没想到编辑会议出乎意料的快,一个多小时就结束了。伊原将决定事项记下来,今天之内就会传达给印刷厂。能将实际业务处理得头头是道真是了不起,我不禁想合掌感谢伊原。

现在是中午。虽然可以直接回去,不过我事先从便利店买了便当带过来,所以准备先吃掉再说。看到我从斜挎包中取出不足四百日元的午饭,其他三人也各自拿出了自己的食物。

里志剥掉饭团的包装纸,随口说道:

"那么,文集什么时候能够完成呢?"

最清楚这件事情的那自然是伊原了。伊原先抱怨了一句"这点事情拜托你自己记一下好吗",然后回答道:

"十月初应该能完成样刊。正式印刷完毕大概得到文化祭前夕了。"

现在是八月下旬,暑假还剩下一周。九月开学后就更没精力写原稿了。拖延工作只会导致效率变低,这违反了我的节能主义,所以我打算早点将自己手头的工作解决掉。不过,从时间上来说还是蛮充裕的。

"啪",传来了一个有气无力的声音。是千反田打开了便当盒的盖子。女同学中有不少人使用分量连饭后甜点都不如的小便当盒,千反田的便当盒尽管挺小的,不过还算是能填饱肚子。里面放着煮款冬菜、煎蛋和肉松。千反田在夹菜之前,若无其事地对我们问道:

一　参加试映会吧！

"对了，各位接下来有什么安排吗？"

我原本就是没什么事情想做的人，所以时间自然是要多少有多少。无言地摇了摇头后，伊原也做出了和我相同的动作。

"我虽然要把这个拿到印刷厂去，不过傍晚再走也没关系。"

里志稍微思考了一下。

"我原本打算去手工艺社帮下忙，最近都没怎么做针线活呢。另外还想去总务委员会露个脸。不过都不是非做不可的事情。"

听到我们三人给出的回答，千反田露出无比开心的表情。看到那个笑容，我隐隐约约产生了不祥的预感。这是以往的经验所锻炼出来的直觉，所以我很难用语言表达出来，总之就是觉得有麻烦事在逼近了。

千反田放下手上拿的筷子，兴冲冲地说道：

"那么，一起去参加试映会吧！"

试映会？

突然冒出了个毫无头绪的词。还是说这件事一直在暗地里进行，只有我一个人不知情？我情不自禁地看向了里志。里志疑惑地歪着脑袋，表示自己也不知情。伊原也是一脸讶异的表情。

"小千，试映会是什么？是电影吗？"

"唔……不是电影院的，是录像带电影。"

既然是录像带电影，那毫无疑问是独立制作吧。

"是电影研究会的吗？"

千反田摇了摇头。

愚者的片尾
Why didnt she ask EBA?

"不是。"

"那么就是录像带电影研究会的。"

说出这句蠢话的是里志。我和伊原的冰冷视线刺向了他的笑容，但是里志却丝毫不以为意。

"这种社团也是有的啦。既然有古籍研究社，那么录像带电影研究会也可能会存在的。"

里志执着地讲着无聊的笑话。不过他的玩笑是基于"玩笑仅限于即兴，如果留下祸根的话那就变成谎言了"这个基本规范的。所以既然他说有，那就可能真的有吧。这没什么不可思议的，神山高中文化系社团的多样性绝对不容小觑。

不过千反田摇了摇头，对此作出了否定。

"也不是。是二年F班制作的班级展览作品。"

"嚯，班级展览啊。"

伊原感慨地点了点头。

"我还以为我们学校的文化祭很少有班级展览呢，因为社团实在是太活跃了。"

这么说来确实是这样。我是一年B班的，班级里基本没有提及文化祭要做什么的话题。大家都将活力倾注到社团活动中了，再加上班级展览的话那应该会很辛苦吧。从这方面来说，同时参加古籍研究社、手工艺社、总务委员会的里志实在了不起啊。虽然没什么意义。

"二年F班运动类社团的人也想参加文化祭，所以就开始了这个企划。我在二年F班有认识的人,对方邀请我去参加试映会,说希望能给点感想。怎么样,你们要不要一起去?"

"听起来挺不错的,我要去!"

里志二话不说就答应了。这家伙对于自己感兴趣的事情是很干脆的。

伊原微微皱起眉头,询问道:

"知道是什么类型的电影吗?"

"唔,好像是悬疑电影。"

伊原似乎对这个答案很满意。

"娱乐片啊?那我也想去看一下。"

"怎么,摩耶花你讨厌艺术片吗?"

"倒不是讨厌……如果是热爱电影的人拍摄的话,那就没问题。"

确实,没人愿意看拍摄动机单纯是"想要参加文化祭"的艺术电影吧。

至于我——

其实我不太喜欢电影。不管是艺术片还是娱乐片,老实说我都没有什么想看的欲望。我自己也不清楚为什么会不喜欢看电影。大概是因为消化内容的时间被预先设定好的关系吧。我在喜欢电影的朋友面前说过这样的话,结果他表示"你的人生损失了一半"。我倒不是非常讨厌啦,也有几部喜欢的电影作品……

算了,还是回去休息吧。

就在我准备开口表态的时候,千反田喜悦的声音盖了过来。

愚者的片尾
Why didnt she ask EBA?

"太好了！我们一起去吧。"

"呃，我……"

"其实啊，邀请我参加试映会的那个人叫我最好能带三个人过去。古籍研究社的社员刚好够人数呢。"

你倒是听我说话啊。

里志露出坏心眼的笑容，用大拇指指了指我。

"千反田同学，奉太郎似乎有话要说。"

"折木同学你也会去的吧？"

唔。

"……你不去吗？"

啊。

每次都是这样，我实在是不擅长对付千反田。在回答之前就能预想到，不管怎么回答，我最终还是要去的。当然她并不会强迫我，只是问题在于我没办法坚决地拒绝掉。

我耸了耸肩。也罢，反正回家也没有事情在等着我。

多媒体教室已经拉下了窗帘。夏末的阳光被有效地阻挡住了，室内一片昏暗。

一名女生仿佛从黑暗中突然冒出来一般现身于我们面前。会产生这种错觉是因为她穿了深蓝色的便服吧，我现在还是看不分明她的轮廓。

千反田和那个人打了个招呼。

一 参加试映会吧！

"感谢你的邀请。"

那名女生向我们走了过来。我这才看清了她的样子。

她的身高和千反田差不多，或者稍微高那么一点？体型纤瘦，细长眼睛的眼角微微吊起，从脸颊到下巴的轮廓清晰分明。唔，算是美女吧，不过她首先给我的印象是冷峻。看起来不像是和我们只相差了一个年级的高中生，浑身缠绕着堪称威严的氛围。不像高中生，那像什么呢？对了，就像铁血警察或者教师……不，可能更像自卫官，官衔还是在尉官以上。她的脸上没有笑容，但也并非是板着脸。她的态度更接近于无感情，声音很符合其形象，既低沉又稳重。

"啊，你来了呀。"

她的视线扫向我们每个人。

"欢迎光临。感谢你们今天接受我的邀请。"

千反田指着我们依次进行介绍。

"这位是伊原摩耶花同学。这位是福部里志同学。这位是折木奉太郎同学。都是古籍研究社的社员。"

在介绍的途中，我看到那名女生的表情有了微妙的变化。是笑了吗？周围的光线太暗，我也不太确定。不过她很快就恢复了那种冷峻的表情，向我们行了一礼。

"今天请多关照了……我是入须冬实。"

听到她的名字，里志有了很大的反应。他发出了雀跃的声音。

"啊啊，果然是入须学姐吗！我刚才就在想我是不是曾见过您呢。"

愚者的片尾
Why didnt she ask EBA?

姓入须的女生看了里志一眼。

"你是叫福部里志对吗？不好意思，我没有印象啊。"

"这样啊。六月最后一次文化祭实行委员会的时候，我是坐在最后面的。"

"哦，当时发生了什么事吗？"

入须很平淡地应对着，不知道她是真的忘记了还是在装傻。而里志则是非常开心地继续说着：

"我看到学姐调解了音乐系社团和戏剧系社团的纷争，真是精彩啊。我早就想认识一下学姐，没想到以这样的形式实现了！"

"啊啊，我想起来了。"

态度冷漠。

"我并没有做什么。"

"没错，这正是厉害之处。我记得很清楚哦，学姐只说了三次'议长，应该听一下他的意见'而已。结果那场纠纷五分钟就解决掉了，我不禁在内心起立鼓掌。我觉得议长应该向入须学姐道谢。"

我们几个之中，最少夸奖别人的人肯定是伊原，不过其实里志除了开玩笑以外，也很少大力称赞别人的。我不清楚事情的具体情况，但是听里志的口气，入须冬实这个人应该做了什么相当了不起的事情吧。我一边听着他们的对话，一边心不在焉地想着。

尽管里志用尊敬的眼神看着她，但入须并没有什么特别的反应。

"是这样吗？"

"入须学姐，你说过自己对学校的活动没什么兴趣吧？"

一　参加试映会吧！

千反田说道。入须点了点头。

"福部说的那个委员会，我是作为代理参加的。也许确实发生过这样的事情，不过我不记得了。希望你不要觉得心里不舒服。"

"这样啊。我不会那么想啦。"

里志尽管嘴上这么说，看起来却有些沮丧。一旁的伊原向千反田问道：

"小千，你和学姐是怎样的关系啊？"

"我和入须学姐吗？我家和入须学姐家有些来往，我从小就一直受到入须学姐的很多关照。"

到了千反田家这种地位，就会有一些家族来往的对象吗？至少折木家是没有这种对象的。名门望族还真是辛苦啊。这么说来，入须家也有一定的来头吗？也许是，也许不是。反正不管是不是，都和入须冬实这个人无关。

"先不说这些。"

入须将话题拉回正轨。她举起了手上拿着的东西，那似乎是一盒长方形的录像带。

"今天占用你们的时间，是想让你们看一下这卷录像带。你们应该从千反田那听说了吧？这是我们班级拍摄的电影。我希望你们看了之后能坦率地提些意见。"

"真期待啊。"

千反田说道。

试映会似乎就真的只是试映会而已。但是我总觉得难以释怀，

愚者的片尾
Why didnt she ask EBA?

于是询问道：

"只是这样就可以了吗？"

入须笔直地看着我的眼睛。从黑暗中射过来的视线咄咄逼人，感受到强烈压迫感的我还是继续说道：

"看完说一下感想就可以了吗？"

"有什么问题吗？"

"就算我们看完后对这部作品进行批判，你们也不会重新拍摄吧？又没办法像真正的试映会一样起到宣传作用，我不是很明白这场试映会的意义。"

听到我这么说，入须不知为何满意地点了点头。

"问得好。确实，只让你们看是没有任何意义的。虽然我可以回答这个问题，不过你们看了之后会更有效率。如何？"

唔，我还是有些不满。不过效率这个词很符合我的喜好，所以我就没有继续追问了。

看到我表示同意之后，入须继续说道：

"这部录像带电影还没有题目，姑且命名《悬疑》。看完之后，我会请教你们一个问题，希望你们能够做好准备。"

伊原询问道：

"既然是悬疑电影，那么有推理的要素在里面吗？"

"你可以这样认为。"

"那么，我们是不是该做笔记呢？"

"嗯，能看得这么仔细那就最好了。"

一 参加试映会吧！

不过很不巧，我们的东西都放在地学教室里。伊原询问要不要回去拿包，里志则做出了回应。

"笔记由我来做吧。"

他从片刻不离身的束口袋里面取出了记事本和笔……原来里面放着这样的东西。

入须看了一眼手表。那是一块朴素的银色手表。

"那么，差不多要开始了。你们随便坐吧。"

我们照她的话各自就座。里志打开了记事本，入须见状便朝控制室的方向走去。她走到铁门前面，转过头来对我们说了一句话：

"请你们努力奋斗。"

门咔嚓一声关上了，紧接着传来卷扬机转动的声音，一块白幕从前方降下。我深深地陷在椅子里，摆出了最舒服的姿势。

话说，入须的准备不够周到啊。看电影没有爆米花怎么行呢？

没有确定题目的电影自然不会有标题画面。影像是突然出现的。场所一看就知道是神山高中的普通教室，桌子和椅子摆放得非常整齐。从窗外的景色可以判断出时间接近傍晚，应该是在放学后吧。

旁白开始说话了，是个有些沙哑的男声。

"要讲述那起事件，就必须要从这里开始才行吧。二年F班的有志之士为了留下高中生活的回忆，决定参加KANYA祭。但是具体要做什么呢？于是，他们在某天放学后举行了会议。"

顺便说一下，KANYA祭是神山高中文化祭的俗称。不过，古籍

愚者的片尾
Why didnt she ask EBA?

研究社的社员是不会使用那个俗称的。理由就说来话长了。

影像中出现了学生的身影,一共六个人。他们将椅子围成圆圈,相对而坐。这就是讨论文化祭节目的"会议"场面吧。镜头缓缓地拍出他们每个人的脸,旁白依次介绍了他们的名字。

首先是一名身材壮硕,非常适合参加武道系社团的男生。他的头发剃得很短,在六人中是身高最高的。名字叫"海藤武雄"。

第二个是唯一戴眼镜的高瘦男生。尽管是在进行拍摄,他却表现出一副心神不宁的样子。名字叫"杉村二郎"。

第三个皮肤黝黑,是有着一头褐色披肩发的女生。在入镜的几秒钟时间里,她就拨了两次头发。名字叫"山西绿"。

第四个是矮小略胖的女生。说她略胖,也许只是因为圆脸使人产生了这样的印象而已。名字叫"濑之上真美子"。

第五个是长相看起来很和善的男生。他的头发染成了红色,不过老实说一点都不适合他。名字叫"胜田竹男"。

最后一个是一直低着头,一看到镜头就别过脸去的女生。她的装束很朴素,个子是六人中最小的。名字叫"鸿巢友里"。

旁白每念一个名字,就能听到里志动笔的声音。由于此时还不知道人名的具体汉字,所以他是用片假名做笔记的。

介绍结束,在停顿了一会之后,高瘦眼镜男杉村像是收到了信号似的开口了。

一 参加试映会吧!

"我想以楢洼地区为主题。"

伊原不禁发出了"呃"的声音。我能理解她,这语气也太僵硬了。

"楢洼地区?"

经常拨弄头发的山西询问道。红发的胜田做出了回答:

"我听说过。应该是在古丘町吧。"

"没错,是一座废弃的村庄。随着矿脉的发现而诞生,并且随着矿脉枯竭而荒废。"

连续的生硬对话。不过这也是没办法的事情,按照千反田所说,这是"二年F班运动系社团的人们为了参加文化祭而开始进行的企划",所以演员都不是戏剧社的人吧。

身材壮硕的海藤盘起粗壮的胳膊。

"嚯,探访废弃村庄吗?听起来蛮有趣的。"

"我曾经去过一次,那里相当有震撼力,值得一看。追踪一个村庄一生的历史那也是挺有趣的。"

"我一点都不觉得有趣啊。"

山西这句台词的敷衍态度表现得非常到位,搞不好这其实是她的真实感想。这时,圆脸的濑之上非常做作地探出了身子。

"不过探访应该挺有意思吧。是要去废墟对吧?我从来没有看过废墟呢。"

一直低着头的鸿巢插嘴了。

"我也知道楢洼这个地方……那是在深山里面啊。从最近的公交站要走至少一个小时的。"

愚者的片尾
Why didnt she ask EBA?

"咦。"

山西发出了不满的声音,她就是"这样"的角色吧。而海藤则是一脸的从容不迫。

"一小时左右根本是小菜一碟,连远足都算不上。就当是郊游吧。"

"那就这么定了。文化祭的展览就是关于楢洼地区的调查。"

胜田对杉村的结论提出了异议。他的意思是单纯展示对废弃村庄的调查实在是缺乏趣味性。山西也对此表示赞同,并建议换个主题。濑之上则主张只要在展示方法上下工夫就能解决这个问题,不过被问到具体方案,她就答不上来了。杉村提议用冒险故事风格的表现手法,但被批评太老套而遭到否决。鸿巢随口说出的灵异方案倒是获得了一致好评,不过如果没有相关原型的话就难以表现出所需要的气氛。对此,杉村一口应承说会去调查一下。在此期间,还拙劣地描述了各种人际关系,比如谁谁谁喜欢那个谁谁谁、谁谁谁和谁谁谁是竞争对手等等,请容我在此割爱。最初的这个场景大概只有一处比较重要吧,那就是画面转暗后旁白说的那句话——

"一周后,他们前往了古丘町楢洼。"

黑色的画面持续了一会,当影像重新开始的时候,出现的场所不是学校,而是充满盛夏特有浓郁绿色的山中风景。这里应该就是楢洼地区吧。

我知道古丘町。那是个距离神山市二十公里左右的小镇。由于

一　参加试映会吧！

铅矿还是什么金属的矿产而繁荣一时，后来自然而然地衰败，矿山关闭后就没有值得一提的主要产业了。不过楢洼地区是哪里？

伊原向里志询问道：

"阿福，你知道楢洼地区吗？"

没想到里志真的知道，不过倒是不值得大惊小怪。

"啊啊，就是古丘矿山还在运作时采矿坑所在的地域。虽然交通不便，不过在矿山全盛期也是非常繁荣的。"

里志同时举出了两三个大牌演歌歌手的名字。

"——他们都曾去过那里哦。"

伊原多少有些吃惊。我也差不多，因为里志举出来的名字是不折不扣的大人物。

"不过啊……"

里志正要继续说下去，但是千反田短促地叫停了。

"似乎要开始了。"

镜头绕着夏天的杂木林转了一百八十度，然后出现了一群学生。和刚才不同，他们都穿着便服，而且是大热天的轻便打扮。每个人都背着小型背包，不知道里面放了些什么。

山西呆站着说道：

"热死了。我们走了不少路啊，还没到吗？"

杉村回应道：

"马上就到了。只需要再走不到五分钟就可以了。"

"这句话你刚才就说过了。这么个大热天，真是累死了。"

愚者的片尾
Why didnt she ask EBA?

"又不是只有你一个人觉得热。好了，快走吧。"

海藤说完后，大家就继续往前走了。摄影机紧跟着他们。

楢洼地区果真是在深山里面。道路左右是令人怀疑过去有没有人迹的杂木林，偶尔透过树木的缝隙看到的古丘镇街道是在遥远的下方。虽然姑且算是有铺设好的道路，不过到处都有破损。柏油路面的边沿明显剥落了，随处可见拳头大小的石头。不知道是不是因为路况很糟的关系，影像抖得很厉害。既然演员不是专业人士，那么摄影师想必也一样吧。即使是像我这样不常看电影的人，都能看出这个摄影师的技术很生涩。不过就算考虑到这些因素，这个画面也太糟糕了。

影像突然中断了一会，然后转换成位于一行人后方的镜头。过了不久，走在最前头的杉村托了一下眼镜，指着前方说道：

"看到了，那里就是楢洼！"

大家都站到杉村旁边。镜头朝杉村所指的方向移过去，映照出山中的洼地。那里有一片废墟。

废墟。我虽然住在比较偏僻的都市，但怎么说也是现代日本啊。结果在与住所只相隔二十公里左右的地方居然出现了这种东西，实在是有些缺乏现实感。画面里有稀稀拉拉的房屋，窗户破破烂烂，屋顶崩塌瓦解，正处在慢慢消亡的过程中。既然这里曾经是矿山，那么这些公寓一样的建筑就是工作人员的宿舍吧。爬山虎无视人类的存在，将公寓彻底侵吞。形似商店的建筑物前面还挂着瓷质招牌，这更进一步强调了无人村庄的寂寥。原来如此，剧中杉村的台词还

一　参加试映会吧！

真没说错，这里确实是值得一看。

摄像机仔仔细细地拍摄着这些景观。尽管摄影手法很生涩，演员的演技很糟糕，不过那个画面拥有足以弥补这一切的震撼感。

演员们似乎也因为那道景观而产生了些许动摇，有人背对摄像机轻声说了一句"好厉害"，这应该不是台词吧。接着，表演重新开始了。

"原来如此，看起来确实有探访的价值。"

胜田这样说着，从口袋里取出一次性相机"咔嚓"地拍了一下。濑之上则是拿出笔记本在上面写着什么。海藤等他们告一段落之后，大声地进行了指示。

"总之，先确保今晚休息的场所。然后才是进行探访。"

"那里就可以了吧？"

鸿巢再次指向楢洼的废墟。镜头朝着她所指的方向拉过去，那是一座类似剧场的大型建筑物，与这个小村庄的风格有些格格不入。

"那里的话，就算下雨也没问题吧。"

"嗯，就去那里吧。"

六人走下山坡前往村庄。接着画面消失。

画面重新出现的时候，地点变成了剧场前面。一行人在左右对开的玻璃门前面站成一列，同时抬头仰望建筑物。摄像机也从下往上拍摄肮脏的墙面。从斜下方角度拍摄的画面彰显出一种奇妙的存在感。

摄像机接着又下移对准一行人。海藤拉开了玻璃门，众人以他

031

愚者的片尾
Why didn't she ask EBA?

为首一个接一个地走了进去。留在最后的果然还是低着头的鸿巢，她喃喃自语道：

"总觉得有不祥的预感。"

然后，她也进入剧场里面。门没有关上，六人走入黑暗之中。这一段到此为止。

里志和伊原不约而同地出声了。里志是语带喜色，伊原则是有些不满。

"是洋馆类悬疑剧吗！"

"居然是洋馆类悬疑剧吗？"

画面从洋馆……不对，从剧场里重新开始。废弃村庄是不可能通电的，建筑物里面很暗。和夏日光照强烈的外面相比，这里的画面顿时变得不那么清晰了。尽管如此，倒也没有到分辨不出演员谁是谁的地步。地板的材料是石头吧，能听到六人"咚咚"的脚步声。

"灰尘真多……"

山西拍了拍衣服，弄了一下头发，用抱怨的语气嘟囔道。从影像看来，似乎确实有不少灰尘。在山西旁边的胜田抬头看向上方。

"房顶看起来蛮坚固的。"

濑之上的手上仍旧拿着笔记本，她转向杉村的方向说道：

"没想到在这种深山里还有这样的剧场啊。"

"矿山很有钱的，虽然已经是陈年旧事了。而且，正因为是深山，如果连这点娱乐都没有的话，谁还干得下去啊。"

喜欢这类剧情的里志轻轻地"哦"了一下，悄声对我说道：
"这段台词挺有意思的嘛。"
我倒不在意录像带电影的台词有不有趣。
画面中，海藤跺了跺脚。因为他身材很魁梧，所以地板发出很响亮的声音。我正在想他为什么要这么做，镜头拉到了他的脚边。玻璃的碎片在微弱光芒的照耀下闪烁着。
"我们今晚要住在这里……"
海藤夸张地皱起眉头。
"不过这一带太危险了，到处都是玻璃。"
这时，摄像机当场绕了一圈，将周围的情况展现给观众看。光线很暗看得不是很清楚，不过既然这里是剧场，那么一行人现在所在的地方是玄关大厅吧。我看到了两个楼梯和一个房间。接着，摄像机微微朝上又转了一圈，看到了二楼，从大厅到二楼是直接连通的。杉村和胜田相继说道：
"还是找一下能住人的场所吧。"
"是啊，趁天还没黑。"
海藤点了点头，扫视了一下众人。
"那么我们分头寻找吧。不知道有没有平面图啊。"
"在这边。"
鸿巢在玄关旁边朝大家招手。海藤马上朝那边走去，这时场景切换了。
镜头对准了鸿巢找到的那张剧场内平面图。大概考虑到光线太

愚者的片尾
Why didn't she ask EBA?

暗看不清楚吧，只有这个时候用手电筒进行了照明。

"哦哦，平面图！这很重要！"

里志感慨地说道，并且动手将那张图描了下来。尽管画像的细节部分比较模糊，不过好在是特写在大屏幕上，所以能够勉强判断出上面的文字。平面图的画面维持了整整三十秒，里志得以顺利将其描下来。

根据平面图所示，这个剧场是两层楼建筑。进了门首先是玄关大厅，就是现在一行人所在的地方。然后在大厅旁边有个办公室。往里面走会碰到墙壁，墙上有门，里面是会场。会场里面当然有舞台了。另外，会场两边也有通道，左边和右边各有两个等候室。道路的尽头是舞台的两侧。顺便一提，从观众席看过去右侧是"上游"，左侧是"下游"*。

玄关大厅的左右有通往二楼的楼梯。从右边的楼梯上去就会来到舞台上方，在窄道旁边能看到照明调光室的门。从左边的楼梯上去除了能到办公室正上方的用具室以外，同样能来到舞台上方，另外还有与照明调光室左右对称的音响调整室。两条走道在玄关大厅上方相连，所以从右边楼梯上去也是有办法到用具室去的。

屏幕上的一行人应该也看过了这张平面图。

从平面图的影像切换到海藤的特写。

"我们分头调查一下里面吧。"

"不会有危险吗？"

---

*　日本的舞台术语，用来区别舞台的左右。另外重要人物都是从上游出来的。

034

一 参加试映会吧!

胜田问道。

"这种废墟能有什么危险。"

濑之上对言之凿凿的海藤提出疑问:

"但是,有办法进入房间吗?应该都上锁了吧?"

鸿巢代替海藤对这个问题做出回答:

"不用担心,我想应该会有的……"

她说着走进了玄关大厅旁边的办公室。很不可思议的,办公室没有上锁。摄像机跟在鸿巢后面走进办公室。鸿巢环视了一下四周,喃喃说着"果然有啊",朝墙上的钥匙盒走过去。

"就是这个。"

她将一整串钥匙都拿了出来。钥匙盒里面只留下一把钥匙,镜头则对准了那把钥匙。照明很暗看不清楚,这时光线照了过来。匙柄上写着"万能钥匙"几个文字。

"有这些钥匙的话,就可以调查这栋建筑物内部了。"

鸿巢回到大厅,将这一大串钥匙给海藤看。海藤点了点头,从中选出一把钥匙。

"那么,大家随便选一把拿着吧。找找看有没有可以使用的房间。就算多少有些散乱也没关系,重点是躺下来不会有危险,发生火灾也能马上逃跑。"

鸿巢将钥匙摆在大家面前,先拿走了一把,其他人也陆续将钥匙拿走,最后一把钥匙都不剩了。

"其实啊。"

愚者的片尾
Why didn't she ask EBA?

里志笑着说道：

"如果真的碰到这种情况的话，一般都会选择大家一起行动吧？分头行动未免太鲁莽了。"

"进入废墟的废屋就已经足够不真实了。不过你的意思是这个场景很可疑吗？"

里志的笑意越来越深了。

"不不，不可疑啦。如果不分头行动的话，事件就不会发生了。这是定律。"

"也就是说……"

"没错，马上就要发生事件了，我可以跟你赌一个芝士热狗。分头行动之后，肯定会有一个人回不来的。"

里志旁边的伊原恶狠狠地瞪了我一眼。她的意思是让我废话少说快闭上嘴吧……但提起这个话题的人又不是我。

影像中，拿过钥匙的人各自确认了一下平面图，然后消失在建筑物里面。顺序依次是海藤、杉村、山西、濑之上、胜田、鸿巢。最后大厅里空无一人。无人的画面持续了一段时间，然后变暗。

黑暗之中响起了旁白。

"在这之后，事件发生了。"

"我就知道。"

里志得意洋洋地卖弄着。

你看，伊原又瞪过来了啊。

下一个场景是从玄关大厅开始。

依旧是空无一人。

不久之后，鸿巢从右边的楼梯走下来。

接着山西从左边的通道走了出来。

又过了一会儿，胜田同样从左边的通道走了出来。胜田向着先回来的两人打了个招呼。

"你们那边情况如何？"

山西不开心地回答道：

"到处都是镜子的碎片。不打扫一下是没办法使用的。"

鸿巢则是默默地摇了摇头。

"这样啊。我这边也是类似的情况。"

后来濑之上从左侧的楼梯走了下来。在下楼梯的途中，她用双手比划出大叉的形状。

胜田突然抬头看向上方。镜头追随着他的视线，于是发现从大厅能够清楚看到二楼用具室的窗户。窗户的镜头久得让人感觉很不自然。过了相当长的时间，胜田才对二楼喊道：

"喂，杉村，你那边怎么样啊？"

杉村从窗户探出脸来。

"算是比较干净，也没有什么易燃的东西。说不定能用。"

"这样啊，那你先下来。"

"知道了。"

愚者的片尾
Why didnt she ask EBA?

杉村马上就下来了。五人站在大厅里，看了看彼此。

原来如此，少了一个人。"被害人"确定了。

山西说道：

"海藤呢？"

"他还在调查吗？"

胜田疑惑地歪了歪脑袋。

"算了，反正我们都在这里了，就一起去找他吧。海藤是往这边走的吗？"

他指向右边的通道，其他人纷纷点头。胜田打头，一行人走入了右边的通道，摄像机也跟了上去。进入通道之后，光线越来越暗，几乎看不清画面上有什么东西。

有人打开了手电筒，照亮了通道途中的门。胜田拉开那扇门，等候室里面陈列着一排镜子，衣物散乱一地。没有人影。

"真奇怪。"

"该不会是在后台？"

于是大家继续往里面走，实在是暗得伸手不见五指啊。

手电筒再次被打开，照亮了通往上游的门，上面写着"禁止无关人员入内"这几个字。胜田转动门把，但是门没有开。

"怎么了？"

"打不开。被锁住了。"

"怎么办？"

"……办公室应该有万能钥匙，我去拿来。"

在一段分不清发言者的对话之后,传来了啪嗒啪嗒的脚步声。脚步声似乎有两串,所以是两个人跑去拿钥匙了吧。画面中断了一小会,接着光线照在了门上,同时传来钥匙插进去的声音。门打开了,一行人进入房间内。

上游有窗户,原本垂挂下来的遮光窗帘被摘掉了,阳光得以照射进来。在光照之中,可以看到房间里面——窗边倒着一个人。那当然就是海藤了。

"海藤!"

杉村跑了过去,胜田也紧随其后。杉村在海藤的跟前摔倒了,他爬起来之后注视着自己的手掌,镜头对准了他的手。光照不足看得不是太清楚,似乎是有点脏的样子。杉村轻声喃喃道:

"是血……"

惊叫声传来,镜头对准了站在房间入口的三名女生。山西目瞪口呆地捂住嘴巴,濑之上双臂紧紧地抱在胸前,鸿巢用力握紧了拳头。倒在地上的海藤腹部满是鲜血,眼睛是闭着的。这样比较好,没有演技的人翻白眼会显得很不自然。镜头朝海藤的旁边拉近,居然出现了一条手臂。尽管毫无疑问是小道具,不过在昏暗画面的帮助上,还是相当有震撼力的。海藤拿着的钥匙掉落在了手臂的旁边。

"啊啊。"

我的旁边传来了叹息声。是千反田吗?

影像中,随后跟上来的胜田也愣住了。

"海藤!可恶,是谁干的?!"

愚者的片尾
Why didnt she ask EBA?

　　胜田很快就振作起来，跑到窗边想要将窗户打开。那是往上推的窗户，似乎因为长久没有使用，完全卡住了，半天都没能打开。胜田抓住窗框不停地晃动，最后几乎是用全身的力量强行将其推了上去。窗户发出沉重的嘎吱声，总算是被打开了。胜田探出身子看向窗外，仍旧晃个不停的摄像机将外面的情况拍了出来，窗外整一片都是茂盛的杂草。

　　胜田转身向舞台的方向跑去。由于突然从明亮的室外转入昏暗的室内，画面一瞬间漆黑一片。不过摄像机马上追上了胜田。胜田冲上舞台，一口气跑到下游。下游连接左侧通道的门完全被堆积的方木料挡住了，这使得他只能停下脚步。

　　"怎么会这样……"
　　影像转暗。

　　然后。
　　画面就这样戛然而止了。

　　"……"
　　等了一会儿，屏幕上还是没有出现任何东西。
　　"结束了吗？"
　　伊原无力地嘟囔道。
　　"……似乎是这样。"
　　里志刚做出回应，卷扬机就像收到信号一般发出了声音，将屏

一 参加试映会吧！

幕收了起来。千反田把手伸向半空似乎是想要阻止屏幕被收起，这更是徒增了伤感。

"咦、咦，可是明显还没有结束吧？"

"等一下，说不定是器材发生了故障。"

背后有人对我的说法做出了回答。

"不是。"

我转过头去，看到不知何时从控制室出来的入须站在了那里。她的手上拿着一卷录像带。

"带子就到这里为止了。"

语气非常肯定。入须自然知道带子就只到这里吧，里志有些装模作样地问道：

"那么，故事到那里就结束了吗？是'结局在各位观众心中'的收场方式吗？"

"也不对。"

那么，就表示这个片子还没有完成吧。她把我们找过来，就为了举办未完成品的试映会？

我轻声说道：

"能麻烦说明一下吗？'试映会'应该不会这样就结束吧？"

入须目不转睛地盯着我，点了点头。

"我会进行说明的。不过在此之前我想请你们告诉我……刚才的电影在技术上如何？"

我们看了看彼此。虽然不知道千反田是怎么想的，不过其他三

愚者的片尾
Why didnt she ask EBA?

人恐怕是意见一致的吧。伊原作为代表做出了回答：

"老实说，我觉得很拙劣。"

这是入须预料之中的回答吧。

"我也这么觉得……你们应该知道，KANYA祭是文化系社团的庆典。本来的话，是没有班级活动参与的余地的。但是，我们班上的人不肯就这样罢休。尽管拥有相关技术的人都投入到社团活动中去了，他们还是想依靠自己来制作出成品。但是没有技术的人不管多么有热情，那也是白费力气，结果是可想而知的。正如你们所见。"

她丝毫不带感情地阐述着辛辣的真理。

不过，这样也挺不错的吧？我如此想着，入须也说出了同样的意见。

"我觉得这样也不错。既然他们想制作属于自己的东西，那么尽情去做就好。即使最后会被人嘲笑，他们也不会在意吧。那是自我满足的世界。虽然很愚蠢，但是我觉得这应该是被允许的事情。"

"问题不在于结果的好坏吗？"

入须对伊原的话语点了点头。

"我不会说完全是无关紧要。如果结果喜人的话，那么就更加让人满足了。但是从本质上来说，并不是那么重要……那么，你们觉得对于这个企划来说，最致命的事态是什么呢？"

里志思考了一会，回答道：

"是没法完成吧。"

"没错。这样的话，连自我满足都不是了。然而，这部片子却没有完成。正如你们所见，由于外景地点比较特殊，摄影只能在暑假期间进行。"

"拍摄情况很不顺利吗？"

千反田关心地问道。

"即使碰到什么问题，他们也会想办法解决掉的。考虑到交通和剧本的进展状况，摄影分成了两次，日程的消化似乎很顺利。从时间上来看，下个周日的摄影就应该能将这部片子完成。"

"然而，事情并没有那么简单吗？"

入须真挚地回答了我的嘲弄。

"由于将工作交给缺乏技术的人，所产生的弊病带来了致命伤。他们决定制作录像带电影，只确定下来内容是'悬疑'。但是，没有人适合写这种类型的剧本，就连有创作经验的人也只有一个。那个人名字叫本乡真由，但也只是画过一点漫画而已。一小时录像电影的剧本工作就交付给了这样的菜鸟。"

没有创作经验的我不明白这究竟是多么严重的事态。不过，我看到旁边的伊原皱起了眉头。那家伙也是"画过一点漫画"的人，所以对那位本乡同学产生了同情吧。

"本乡很努力，完全没接触过悬疑的她能够将剧本完成到这种地步已经是相当了不起了。但是，她耗尽了自己的精力，在写完你们看到的那么多内容后，就倒下去了。"

倒下去了，这还真是糟糕的情况。千反田压低声音问道：

"她怎么了啊？"

愚者的片尾
Why didnt she ask EBA?

"是神经性胃炎。精神处于忧郁状态。尽管不是什么重病,但也不好强迫她继续写下去,所以需要后继者。"

我感到脊背发凉。

"该不会是想让我们接手吧?"

让我们当剧本作者?

入须微微一笑。

"不,我不是这个意思。我只是搞了个试映会,然后向看了这部电影的你们询问……你们觉得那起事件的犯人是谁呢?"

仔细想想,这虽然是部悬疑电影,但是却不存在类似侦探的角色,而且内容根本没有进展到解决的部分。另外,从企划的出发点来想,出演者每个人的戏份应该都很平均吧,不过实在没想到她居然会把"侦探角色"转交给我们。这真是……就在我难以接受的时候,伊原率先提出了疑问:

"学姐,虽然你问我们犯人是谁,但是不能保证依靠刚才那些内容就能推测出犯人吧?"

入须摇了摇头。

"这点你不需要担心。本乡是在要写解决篇的时候病倒的,所以从下一个场面开始应该就会进入解谜部分。"

里志也询问道:

"可是,侦探小说菜鸟写的剧本会将线索设置好吗?如果最后是出人意料的真相,那就伤脑筋了。"

一 参加试映会吧！

"这点也没什么问题。那孩子为了写这个剧本耗费了自己的全部精力，进行了关于悬疑作品的研究。应该是遵守了十诫、九命题和二十法则的。"

千反田露出了疑惑的表情，我大概也是吧。十诫是什么啊？

"十诫是'不可妄称耶和华的名'那些吗？"

为什么用这么冷僻的戒律做例子啊？

里志得意洋洋地回答了千反田的疑问。

"不不，是诺克斯模仿摩西十诫所制定的推理十诫。比如不可以让中国人登场之类的，简单来说就是侦探小说需要遵守的规则。既然本乡同学遵守了这些规定，那么就不用担心会缺乏公平性了。"

不能让中国人登场？这是什么奇怪的规定？要知道科幻小说里经常会出现中国人角色啊……而且这和公平性有什么关系啊？去调查一下那个什么诺克斯就会找到答案吗？*

当我还在烦恼的时候，入须进入了总结。

"也就是说，问题已经给出了相应的提示……在这样的基础上，你们觉得'犯人'是谁呢？"

在深山的废弃村庄里发生了一起杀人事件，她是问我们这起案

---

* 推理小说十诫是资深编辑、作家隆纳德·诺克斯于1928年定下的推理小说原则。十诫内容主要包括故事脉络的铺排、角色类型和性格塑造等。其中不乏有些错误的认知，但在古典推理的黄金时期曾被奉为圭臬。其中提到的"不可以让中国人登场"，是因为当时的西方世界对中国的了解还相当少，大多数的人都认为中国人一定会功夫、奇门遁甲等技能，所以才定下此诫，以免影响情节的展开。

愚者的片尾
Why didnt she ask EBA?

件的犯人是谁吗？开什么玩笑啊。

里志、伊原和千反田面面相觑。

"就算问我，我也说不上来。数据库是无法给出结论了。"

"唔，我也没什么自信……虽然有怀疑的对象啦。"

"请问，影片中的海藤同学是死掉了吗？"

他们各自说完之后，几乎同时看向了我。在三人的注视之下，依旧靠在椅子上的我稍稍看向了远方。

"……干什么啊？"

"没什么，只是觉得这方面的事情应该是奉太郎负责的。"

里志露出一如既往的笑容，厚脸皮地说道。

"'这方面'是哪方面啊？"

"也就是'侦探角色'啦。"

我很清楚自己这个时候露出了怎样的表情，就跟里志说的一样。

"一脸厌恶的表情呢。"

我无言地点了点头。作为普通高中生兼节能主义者，我今生今世不想被赋予奇怪的期望。太过高看我那只会让我伤脑筋，而更主要的是——

"我没怎么认真看的。"

千反田间不容发地说道：

"那么再来看一次吧！"

有必要这样吗？

入须似乎察觉到我的内心想法，出面打了一下圆场。

一 参加试映会吧！

"我只是想听取参考意见而已，你们随便说说就好。"

"这样啊，那我认为是山西学姐。"

千反田疑惑地歪着脑袋。

"为什么呢？"

"因为态度很不好。"

"折木！"

伊原厉声斥责我，不过我一点也不害怕。伊原的可怕之处在于她对于过错非常严厉，我现在又没有错。

"那么就是胜田吧。看起来很有力气的样子。"

里志盘起双手，叹了一口气。

"唉，看来你很没干劲啊。但是又不想随便乱出主意，是这样吗？"

也有这个原因，不过并非仅仅如此——我实在是难以接受。我对凝视着我的人须说道：

"我有事想请教一下。"

"请说。"

"为什么要向我们这些外人征求意见？既然是二年F班的问题，那么由二年F班的人自己解决不就好了？"

人须点了点头，像是在说我"言之有理"一样。

"我们进行过讨论，也广泛征求了大家的意见。但都是一些疑点重重、缺乏说服力的意见。我刚才也说过了，缺乏技术的人是难以做好工作的。"

047

愚者的片尾
Why didnt she ask EBA?

"学姐你自己也是吗？"

"如果让我来想的话，我就会充分考虑究竟让谁作为犯人才最为合理。但是很遗憾，我必须要顾全大局，没办法在这方面花费太多时间。"

"既然如此，那为什么不一开始就否决悬疑题材呢？"

我的语气有点像在进行质问。入须这时首次垂下了视线，不过她冷峻的口吻依旧没有变化。

"我一开始是没有参加这个企划的。这三周来我一直都在北海道，前天回到神山后才从担任导演的同学那里得知情况，并被推出来收拾这个烂摊子。如果我一开始就参加的话，是不会让这么草率的计划通过的。"

那么这件事情完全和学姐你没有关系嘛，是因为不忍心抛弃同班同学吗……这些话即使是我也问不出口。

换一个问题。

"第二个问题。为什么要找我们？学姐你虽然和千反田说得那么拐弯抹角，但其实一开始就打算找我们过来吧？神高小归小，学生再怎么说也有一千人，为什么偏偏要找我们古籍研究社？"

"首先，我和千反田认识。"

那么她的言下之意想必是"千反田的话，应该会产生兴趣的"吧。然后，入须与我四目交会。

"另外就是古籍研究社有你在。"

"我？"

一 参加试映会吧！

这是出乎意料的答案。千反田、里志、伊原之所以会那么看得起我，是有相应理由的。尽管纯粹是运气很好，不过我在之前的"冰菓"事件里确实发挥了不小的作用。然而，入须与我素不相识，她为什么会想要找我呢？

不知为何，入须的嘴角露出了一丝笑意。

"我从三个人那里听说了你的事情。一个是千反田，一个是校外人士，还有一个则是远垣内将司，你认识吧？"

远垣内将司？

"是谁来着？"

"折木，你要糊涂到什么地步啊！是壁报社的社长啦。"

哦哦，那个人啊。我想起来了，同时感到一阵心虚。

远垣内是之前和我有过一些瓜葛的高三学生。详细情况请容我在此省略，总之我利用他想要隐瞒的事情，对他进行了小小的威胁。这不是什么好回忆。

入须似乎看透了我的表情。

"没事啦，远垣内并不怪你的。"

那真是太好了，请代我向他问好吧。

"在知道工作人员全部不具备相应技术之后，我就想起了你。如果是你的话，说不定能够担任这部片子的'侦探角色'。"

"……"

"真厉害啊，奉太郎。你的成绩引起了很大的反响呢！"

我瞪了一眼调侃我的里志，接着将视线转回到入须身上，自然

愚者的片尾
Why didnt she ask EBA?

而然地叹了口气。我是侦探角色？我现在最坦率的心情就是——

"胡乱期待我，那样我会很伤脑筋的。"

结果出乎意料的，入须居然很干脆地就放弃了。

"好吧。"

她停顿了一下，继续说道：

"让你们参加试映会对我来说是一场赌博。我的内心确实有那么一丝天真的期待，认为你们说不定能够快刀斩乱麻地将问题迅速解决掉……给你们添麻烦了，我向你们道歉。"

入须说着，向我们低下了头。

"还有什么想问的事情吗？"

气势受挫的我完全失去了提问的欲望。

入须确定大家都没问题后，就简简单单地收场了。

"那么，试映会到此结束。辛苦你们了。"

但是，这件事情并没有就此结束。我把她在场的事情给忘记了。没错，就是能在森罗万象中找到谜团的好奇心化身——千反田爱瑠。

千反田叫住了转身准备离去的入须。

"请等一下！"

"……还有什么事吗？"

"请问，那么这部片子的结局要怎么办啊？后面会怎么样啊？"

入须转身回答道：

"不知道。我会继续努力的，但是也做好了无法完成的心理准备。"

一 参加试映会吧！

"那就伤脑筋了。"

你说伤脑筋……真正伤脑筋的是人家入须好吧。

千反田走到入须跟前。

"如果情况是如入须学姐所说的那样，那么无法完成实在是太让人难过了。我不希望发生这样的事情。"

就算你说不希望……人家入须当然也不希望啊，但又没什么解决办法。

"而且，而且——"

我揉了揉眉心。糟糕，已经开始了。入须赌对了，把惯于将问题自动揽到身上的千反田叫过来是正确的选择。

"我很好奇，为什么剧本作者本乡真由学姐不肯中途放弃，甚至导致自己的名誉与身体健康都受损呢？"

在我旁边的里志说道：

"奉太郎，先不说什么'侦探角色'，你不觉得想要解决那起事件还缺少足够的情报吗？"

"嗯，确实。"

"那么也就是说,如果能搜集齐情报的话,就能迎刃而解了吧？"

不，应该不会这么简单吧。

但是里志的如意算盘却成功了，听到我们之间对话的千反田猛地转过头来。

"折木同学，我们来调查吧。为了继承本乡学姐的遗志！"

"本乡还没有死。"

愚者的片尾
Why didnt she ask EBA?

不知道大小姐有没有将入须冷静的指正听进去。

里志又提起了另外一件事情。

"摩耶花，文集的进展状况如何？就算拖个一星期问题也不大吧？"

摩耶花板着脸回应道：

"进度最慢的人是阿福你自己呀。我的部分基本上已经完成了。"

"呃，唔，那就不需要担心了吧。"

然后，伊原轻声做出了补充。

"我也想看看这部电影的完整版。先不论摄影技术，我真没想到日本废弃村庄的画面是那么有震撼力。"

我……

面对千反田我果然还是无计可施啊。到了这个地步，就算我果断拒绝，她也不会轻易放过我的。而且即使最终成功逃跑，所耗费的精力也会比插手此事要多得多。我讨厌浪费。

但是，这一次我实在是……

我没办法答应入须的请求去当"侦探"。这与我的节能信条无关，而是有另一层理由。其他三人可能并没察觉到这个理由，或者是察觉了却故意保持沉默。我尽可能装出冰冷的语气对他们说道：

"而且，如果我们在这里把事情揽下来，最后却失败了，你们准备怎么负责？要在杀气腾腾的二年F班众人面前下跪道歉吗？"

我们的社团不是侦探小说研究会，而是活动目的不明的古籍研究社。我确认自己在"冰菓"事件中的活跃只是因为运气很好罢了。

一 参加试映会吧！

对于入须的请求，我实在是没什么把握。我才不想随随便便就对二年F班的企划负起责任。

听到我不留情面的话语，千反田顿时垂头丧气了，仿佛被泼了一盆冷水一般。伊原张嘴想要马上进行反驳，不过入须在绝妙的时机提供了折中方案。

"既然如此，我不会要求你们一定要担任'侦探角色'。我们班上也有人自告奋勇想担任'侦探角色'，你们只需要当一下观察员，听听他们的意见，判断是否值得采纳。意下如何？"

观察员啊。既然是判断推断犯人的推论是否合理，那么与其说是观察员，不如说是审判员或者陪审之类的吧。这样一来，确实可以不用承担没有必要的责任。

这一次则是节能主义者的拒绝欲望膨胀起来了，但是事实早已证明，我的这种动机绝对说服不了眼眶湿润的千反田。

我只好不情不愿地同意了。

"这样的话，还是可以接受的。"

听到我这句话，千反田露出了微笑，伊原盘起了胳膊，里志对我竖起了大拇指，而入须则是感激地鞠了一躬。我又摊上麻烦事了啊。也罢，反正坐着听听就可以了，算是比较轻松吧。我在内心叹了一口气。

……话说，抬起头来的入须一瞬间似乎露出了难以言喻的满足笑容，这是我的错觉吗？

二 『古丘废村杀人事件』

愚者的片尾
Why didnt she ask EBA?

试映会结束，回到地学教室之后，里志说道：

"入须冬实这个人很有名哦。"

"嚯，上过社会新闻吗？"

"这我不清楚。不过就算有，也没什么好奇怪的。我之前说过的吧？入须家是与进位四名门并肩的名门。"

进位四名门是指十文字、百日红、千反田、万人桥这四个家族。据说他们都是神山市赫赫有名的世家。顺便一提，"进位四名门"这个品味古怪的命名是出自里志之口，据我所知就只有他一个人使用这种叫法。

里志指向窗外。外面是街景。

"入须家是恋合医院的经营者。"

看来里志所指的是市区的恋合医院。恋合医院在神山市是仅次于日本红十字医院的大型综合医院。从神山高中走路到恋合医院只需要五分钟，所以学校如果出现伤病者的话，一般都会送到那里去。原来如此，难怪入须冬实会很有名。

看到我露出心领神会的表情，里志继续说道：

"不过，入须冬实之所以会很有名，并不仅仅是因为家族的关系。她有一个外号。"

"嚯。"

"怎么样，奉太郎，要不要猜猜看？"

二 "古丘废村杀人事件"

我没有挑战谜题的打算,不过他既然问了,我就自然而然地思考起来。里志会特地当成问题来问我,那么不可能像伊原的风格——比如"小入"那样的。我想想,冷峻的氛围,威严的态度,高洁的气质,而且愿意为了同学两肋插刀。唔。

"……特蕾西亚*。"

里志笑逐颜开。

"很好,虽不中亦不远!是'女帝'。我听很多人说过'这件事就去拜托女帝吧'这样的话。"

女帝,这还真是夸张的外号啊。居然获得了这样的尊称,那么想必那个人——

"她是虐待狂吗?"

在教室另一侧和千反田说话的伊原突然转过头来。

"那是SM女王吧。"

然后又背对我了,我要向她的吐槽精神敬礼。

"是吗?那'女帝'这个称呼是怎么来的?"

"除了美貌之外,她还很会使唤人。她周围的人都会不知不觉变成她的棋子。"

"嚯。"

"我刚才提过的总务委员会那件事也是。入须学姐一眼就看出三名委员在那个问题上有一些自己的见解,于是让他们依次发言,

---

* 奥地利女大公,匈牙利和波西米亚女王,神圣罗马帝国皇帝查理六世之女,皇帝弗兰茨一世的妻子,皇帝约瑟夫二世的生母,哈布斯堡王朝最杰出的女政治家。

愚者的片尾
Why didnt she ask EBA?

使得最后得到了解决。"

这还真是了不起。即使只听信一半,也能推测出入须大概是司令官类型的人。但是这对我来说是相当讨厌的进展。因为我根本不打算为别人尽心尽力,却感觉有些被她牵着鼻子走了。

我盘起双臂,里志在我面前用手指敲了一下桌子。当他那充满节奏感的手指动作停止之后,脸上露出了一抹笑容。

"话说啊。"

"干吗?"

"既然'女帝'都登场了,那么我们也来个象征吧。"

"象征?"

里志盯着半空看了一会,然后开口说道:

"首先,摩耶花是'正义'吧。"

说到"女帝"和"正义",即使我是不相信迷信的纯粹理性个体,也大致猜到了。应该是塔罗牌吧。里志是用伊原本人能够听到的音量在说,我就默默地注视着接下来的发展。

不出所料,伊原转过身来,在遥远的教室另一侧进行反击。

"为什么我是正义的伙伴啊?"

里志也扭转身子。

"不是伙伴,是'正义'。不过我在'正义'和'审判'之间犹豫了一下。你们想啊,一般不都会说正义是严苛的吗?"

我差点笑出声来。我不清楚"正义"在塔罗牌中有怎样的暗示,不过如果是里志所说的那个意思,那么伊原确实很适合"正义"。

二　"古丘废村杀人事件"

就在我思考着这种事情的时候，伊原狠狠地瞪了我一眼。

"你笑什么笑啊。"

"喂，要抗议请找里志。"

"就算说了阿福也不会听，所以我才对你说啊。"

……真是躺着也中枪。

伊原可能是对这个话题产生了兴趣，随即站起身来。千反田也跟着起身，两人一起朝我们这边走过来。到了里志的身边之后，伊原挺起平坦的胸部问道：

"那么，阿福你又是什么呢？"

"我？这个嘛。'愚者'……不对，应该是'魔术师'吧。'愚者'就送给千反田同学了。"

真是没神经的说法，居然把别人说成愚者，不过千反田本人似乎并不在意。应该是为了安全起见吧，里志进行了补充：

"这不是不好的意思。我想千反田同学应该是能够理解的。"

听到他这么说，千反田露出了一丝笑意。

"我明白。是啊，听你这么一说我也觉得自己是'愚者'。虽然这可能也是我的缺点吧……福部同学是'魔术师'……也很符合你的形象。"

看来他们说的内容似乎与塔罗牌的含义有关。尽管里志和千反田只靠塔罗牌的名字就进行对话了，但是我完全听不懂。伊原也是一副不爽的样子，估计她也不懂吧。

"那么折木同学呢？"

愚者的片尾
Why didnt she ask EBA?

里志立刻给出了回答。

"那自然是'力量'。"

"为什么呢？我觉得'星星'比较适合……"

"不，肯定是'力量'。不会错的。"

然后里志笑了出来，仿佛是讲了一个上乘的笑话一样。千反田歪着脑袋思考了一会，但还是没能领会里志的意思。我和伊原就不用多说了。

"为什么呢？"

"唔，其实'星星'也不坏啦。"

里志避重就轻地说道。千反田又将左倾的脑袋往右倾，不过所幸她没说出"我很好奇"这句话。我深深地靠在椅子上，用不快的语气说道：

"……哼，感觉不像是在夸我啊。"

"你多心啦！"

里志又自顾自地笑了。真是可恶的家伙。

话题接下来又脱线到其他地方。回想起来，这真是一段毫无意义的时间，不过反正没有消耗多少能量，倒也无所谓。我们还有明天呢。

隔天。

古籍研究社的四名成员三三两两地到活动室集合……其实我们总共才四人，也算不上三三两两啦。目的是为了打发无聊……不对，

二　"古丘废村杀人事件"

是为了探讨"杀人事件"。在神圣无为的暑假跑到学校来,我变得相当有积极性了嘛。我的内心在这样自嘲。说到底全是因为千反田的关系……其实我曾向里志表达过自己没有意愿参加,结果那位大小姐居然到我的破房子来迎接我。真是精力旺盛啊。

那个千反田不知碰到什么开心事,一脸笑嘻嘻的样子。我不自觉地叹了口气,里志和伊原则在我的旁边讨论着今天的行动。

"查证现场是最基本的做法吧。"

"话虽如此,舞台是在古丘町啊。要跑到那里去吗?是有公交能到那里,如果坐电车的话就要走很远了。"

"侦探自然要靠自己的脚来获取情报。不过二十公里啊,骑自行车也需要蛮久时间的。"

"用脚获取情报的不是侦探,而是刑警才对吧……"

饶了我吧,二十公里?我们只要坐着听取二年F班"侦探角色"志愿者的意见就可以了吧。

但是实际情况又是如何呢?二年F班又不是都认识我们,低年级学生总不可能突然跑到学长学姐的班级说"我们有事想要商量一下"吧。而且我们也不知道应该找谁问话。那么要怎么做呢?这时我发觉千反田似乎相当平静的样子。

"千反田,你今天有什么计划吗?"

听到我这么问,她轻轻地点了点头。

"噢,要怎么做?"

"入须学姐会派人过来,然后带我们去听工作人员的意见。"

愚者的片尾
Why didnt she ask EBA?

什么嘛，她会派人过来啊。那就没什么问题了。仔细一想，这也是理所当然的事情。

"你们什么时候商量好的？"

千反田像是在说秘密一样轻声说道：

"其实啊……我会使用浏览器哦。"

"不要用些奇怪的说法。也就是说你在使用网络对吧？这不是什么少见的事情。"

"你这样说是不对的，奉太郎。应该说WWW，万维网啊。"

里志进行了强烈的抗议，但我无视了。

"那么，这和网络有什么关系？"

"神山高中的主页有只有学生能够进入的聊天室。"

"千反田同学你这样说是不对的，应该是学校网站的页面。"

千反田也无视了里志。

"我在那里和入须学姐进行交流。入须学姐帮我们安排了场所，虽然她可能不会露面，不过说了会派人来接我们的。"

唔，准备还真周到。不过如果不是这样的话，那我们就伤脑筋了。她尽管被称为女帝，却也不是只会高傲地坐在王座上啊。

千反田看了一眼挂在教室黑板上面的时钟。我也跟着看了过去，时间正好是一点。

"约定的时间是一点左右，差不多要来了吧。"

就像是在等待她这句话一样，门静静地打开了。

二 "古丘废村杀人事件"

进入地学教室的是一个女生。身高介于千反田和伊原之间,也就是非常普通。整体而言偏瘦,最大的特征是头发剪齐到脖颈发际。我虽然不熟悉时尚,不过这么乖宝宝的发型现在应该是很少见吧。再加上她的嘴唇很薄,给我留下了彬彬有礼的印象。

她先向我们深深地行了一礼。

"古籍研究社的活动室是这里没错吧?"

千反田马上做出回答:

"是的……你是二年F班的同学吧?"

"我叫江波仓子,请多关照。"

她又行了一礼。她应该知道我们是一年级学生,态度却如此谦恭。名叫江波仓子的女生抬头环视了一下我们,然后用非常事务性的口吻说道:

"入须应该跟你们说过了,我接下来会带你们去见摄影组的人……如果你们准备好了的话,这就可以走了。"

我们并没有什么需要特别准备的事情。我站起来表示随时都可以走,其他人也纷纷起身。江波点了点头。

"那么,我们走吧。"

我们跟着她走出地学教室。想到接下来要去听取报告,我就觉得有些不自在。不过事已至此,就走一步算一步吧。

走廊上能听到铜管乐社嗡嗡嗡地开始了试奏。似乎是相当熟悉的旋律,仔细一听原来是《鲁邦三世》的曲子。我跟着他们的演奏哼起歌来,这时里志靠过来,在嘈杂声音的掩盖下说道:

愚者的片尾
Why didn't she ask EBA?

"就像佣人一样呢。"

我还以为他突然在说什么呢,是说江波吗?这么一说确实还蛮像的。

下楼以后,音乐的声音逐渐远去。江波一边走,一边转过头说道:

"有什么疑问的话请尽管开口。"

装作毫不在意但其实很有干劲的伊原马上进行了提问:

"跟我们见面的是什么人呢?"

"名字吗?他叫中城顺哉。"

我朝里志使了个眼色,问他认不认识。里志摇了摇头。看来不是什么很有名的人。

"他是负责什么工作的?"

"摄影组的副导演。他是最了解摄影整体情况的人。"

千反田听了之后也问道:

"摄影组,也就是说还有其他小组吗?"

江波点了点头。

"这个企划分成三个小组。包括实际前往楢洼地区的摄影组,留在学校的小道具组和宣传组。"

"咦,那演员呢……"

"算在摄影组里面。所以摄影组的人数最多,一共十二人。另外小道具组是七人,宣传组是五人。"

真亏他们能召集到这么多人。我由衷地感到佩服。

千反田接着提出了理所当然的疑问。

二 "古丘废村杀人事件"

"江波学姐你是负责什么工作的？"

江波的态度跟刚才一样没有丝毫迟疑。

"我没有参加这个企划……因为没有什么兴趣。"

我微微一笑。这回答真好，很符合我的喜好。

言谈之间，我们走过了连接特别大楼和普通大楼的游廊。普通大楼正如其名，是普通教室所在的建筑物。到了这个区域，神山高中文化祭准备工作的活力就稍微沉寂下来了。和特别大楼不同，无人教室也很多。

江波在一间看似无人的教室前面停下了脚步。我看了一下门牌，是二年C班，入须的班级应该是二年F班才对吧。江波注意到我的视线，于是进行了说明：

"安静的地方会比较好，所以选择了这里。二年C班没有进行班级展览，不会有人过来的。"

她拉开了门。

是间普通的教室。只有桌椅、讲台、黑板这些标准配置，除此之外就没有其他东西了。

有位环抱双臂的男生坐在教室的最前排。他的身材结实，看起来相当孔武有力，眉毛和胡子都很浓密。你到底剃胡子没有啊……不需要问，他应该就是副导演中城顺哉吧。看到我们，他从容不迫地站起来，然后用超乎必要的大音量说道：

"你们就是对悬疑很了解的人吗？"

虽然我有想要回答"并不怎么了解"的冲动，但是这种恶作剧

愚者的片尾
Why didn't she ask EBA?

只会给自己带来麻烦,并不符合我的兴趣。看到我们保持沉默,江波就帮忙回话了。

"是的。他们是入须好不容易找来的人才,不要有失礼数。"

然后指着中城对我们说道:

"他就是中城顺哉。"

中城微微抬起下巴,大概是打招呼的意思吧。

千反田向前迈了半步,进行了自我介绍。

"我是古籍研究社的千反田。"

其他人也依序自我介绍。我是最后一个,很简单地说了一句"我是折木奉太郎,请多多指教"。然后我们在江波的带领下坐到了中城的对面。等到大家都坐好后——

"那么,接下来就麻烦大家了。"

江波留下这句话就离开了教室。她不参加吗?看来她似乎真的只是"入须派遣过来的人"而已。

留在教室里的我们和中城面对面。终于要开始了。

中城慢慢地放开了环抱的双臂。

"不好意思,给你们添麻烦了。就算只是一时兴起而开始的计划,无法完成还是会让人觉得很扫兴。所以,就有劳你们帮下忙了。"

这样啊,原来是一时兴起啊。

"具体情况入须都说过了吧。就是这么回事了。"

唔,他是个相当直爽的人啊。我原本担心高年级的二年F班工

二 "古丘废村杀人事件"

作人员对于接受我们这些一年级学生的"审判",会心生厌恶,不过无论是江波还是中城都看不出这样的迹象。很好,这样就少了很多麻烦。

我旁边的里志将手伸进束口袋里面,拿出了皮革封面的记事本和钢笔。他就像是在宣布自己要将记录工作做到底一样,拿起钢笔翻开了记事本。

要直接进入主题也行,但是我们并没有掌握全部状况。伊原先是像在闲聊一样说了些不痛不痒的话题。

"学长你们真是辛苦啊。听到剧本没法完成应该大吃一惊了吧?"

中城夸张地点了点头。

"是啊。我们好不容易走到这一步了,没想到会在这种地方绊了一跤。"

"拍摄过程很辛苦吧?"

"演技和导演可以靠即兴发挥,还是挺有趣的。最麻烦的就是交通了。坐电车和巴士的时间加起来要一个小时,而且只有周日能过去。为什么会选择那种地方作为外景地啊?"

伊原好像眯起了眼睛。

"为什么呢?"

"唔,外景地吗?因为有人推荐说那里的外景挺值得一看的,我也觉得确实是很难拍摄到的景象。这倒没什么,就是太远了。"

入须认为二年F班的计划太草率了,看来她说的一点都没错,

愚者的片尾
Why didnt she ask EBA?

我是绝对不会选择往返需要两个小时的地方作为外景地的。

里志似乎对正题以外的事情产生了兴趣,他抬起头来问道:

"我听说栖洼地区是个废弃村庄,有公交可以到那里的吗?"

"哦,是小巴士啦。家里开宾馆的人把接送客人的车借过来用了。"

"话说,真亏学长你们有办法进去啊。"

"这也是靠关系。那里还处于矿山的管理之下,有人去和他们谈好了的。就是提议用栖洼作为外景地的人。"

"为什么只有周日才能过去呢?"

"虽然栖洼变成了废弃村庄,但是矿山的设施还在运作。平日到处乱晃的话会打扰他们的工作,而且车子会开来开去,没办法保证我们的安全。所以最好不要去……这和我们要说的事情有什么关系吗?"

里志笑了。

"非常感谢学长,给我们上了一课。"

请不要往心里去,中城学长,这家伙就是这种人。我在心里说道。

千反田接着问道:

"负责剧本的是本乡学姐吧,她的身体怎么样了?"

"本乡吗?详细情况我也不太清楚,据说是比较糟糕。算了,我们也不能去怪罪她。"

他皱起了眉头。如果入须说的句句属实,那么本乡等于是被二年F班的人逼到生病的。别说怪罪了,他们甚至应该去登门道歉吧。

二 "古丘废村杀人事件"

不过当事人估计很难想开,中城的态度也有些话中有话的样子。

不知道是不是没有察觉到这种微妙之处——我估计是没有吧,千反田的态度始终很温和。

"本乡学姐是个精神很纤细的人吧。"

中城的眉头皱得越来越厉害了,他低声沉吟道:

"看起来不太像。我不太清楚她的精神是不是很纤细,不过身体倒是有点。"

"她的身体很纤细吗?"

这算什么形容啊。我忍不住插嘴了。

"是说学姐的身体不太好吗?"

"嗯。她上学期间请过好几次假,也没有参加摄影。"

没有参加摄影这句话似乎带了几分怨气。但是从常理上来想,剧本作者没必要参加摄影吧。而且剧本状况进展不佳的话,那就更合理了。不难想象没有参加摄影的本乡是在做什么……那当然是在写剧本了。

我感到有些在意,于是提出了自己的疑问:

"本乡学姐的剧本在班级里的评价很糟糕吗?"

中城听了顿时表现出愤慨的样子。

"没有人对她的剧本挑三拣四。我们都没责怪她。"

"也就是说,你们内心其实是这样想的?"

"你在说什么傻话?大家都承认本乡的工作是很重要的。当然我也是。"

愚者的片尾
Why didnt she ask EBA?

然而,本乡却病倒了,没能将工作完成。那么,她说不定真的如千反田所说,是个精神非常纤细的人。伊原轻轻地咳嗽了一声,可能是想要改变尴尬的气氛。

"对了,学长。"

"什么?"

"那位剧本作者完全没有提到谁是犯人吗?就算没将诡计部分写清楚,角色分配之类的呢?"

这是单刀直入的大胆提问。如果知道角色分配的话,那么事情就简单多了,我们也不需要担任观察员了。中城再次环抱双臂,盯着半空,在大脑中搜寻记忆。

"……唔。"

"怎么样呢?"

"据我所知是没有的。不,等一下……说起来,她好像对鸿巢说了加油之类的话。"

加油这种话很正常呀。伊原也是这样想的吧,一瞬间浮现出失望的神色。不过她并没有放弃,继续追问道:

"那么,能帮忙问一下演员们吗?看看有没有人被确定分配了凶手角色。"

"我们已经问过了。没有人听她说过什么犯人角色。"

我简短地插了一下嘴。

"那么侦探角色呢?"

"也没有。"

二 "古丘废村杀人事件"

唔。

伊原很努力地继续问道:

"那么,她可曾提到过诡计是物理性还是心理性的吗?"

中城露出讶异的表情问道:

"有什么不同?"

我看向伊原,好奇她会有怎样的反应,正好和她对上了视线。伊原露出不知道是烦躁还是气馁的表情,轻轻地摇了摇头。如果中城不在这里的话,她肯定会重重地叹气,毫不掩饰地表达自己内心的不满。

我们在那之后又提了几个问题,不过中城并没有掌握关键的情报。这也正常,如果有这种情报的话,他们就不会一筹莫展了。而且我们的准备也不够周到,没有整理好问题点就到这里来,所以提不出切入要害的问题。对于节能主义的我来说,这是很大的失策。实在非做不可的话,那就尽快解决,先确定关键问题才是正确的顺序。

不过中城却露出了满意的表情。

"就这么多吗?"

伊原带着很不像她的笑容回答道:

"如果你的意思是我们还有没有问题要问的话,那确实就这么多了。"

我感觉到他们两人都话中带刺。

事前的情报收集就到此为止。里志灵巧地转动着钢笔。仿佛以

愚者的片尾
Why didnt she ask EBA?

此为信号一般,千反田平静地问道:

"中城学长你是怎么认为的呢?本乡真由学姐是怎样构思那部录像带电影的呢?"

察觉到我们开始进入正题,中城微微一笑。

"好吧,那么就来听一下我的想法吧。请你们手下留情哦。"

"有劳你了。"

我感觉中城似乎很期待这一刻的到来。他舔了舔嘴唇,激情澎湃地开始讲述自己的想法。

"虽然大家都觉得没有结局就不好拍了,但是要我说,观众才不在乎什么诡计不诡计的。关键在于剧情的好坏。指定一个人当犯人,然后让犯人哭着说出动机,这样就能圆满收场了。我虽然没办法做到本乡的工作,不过有一点我必须要说,她的剧情缺乏高潮,就连谁是主人公都不清不楚。

"让海藤演死者是个不错的选择。你们也许已经知道了,海藤那家伙人面挺广的。小道具组自豪的作品让他死得很有看头,有人气的家伙自然要用在关键地方才好。如果犯人是主人公的话那就更好了,不过已经拍得差不多了,这点就不强求了。在这种意义上,犯人是山西的话挺不错的。那家伙朋友也相当多。"

……

"说到底,我们班上的人都太啰嗦了。什么悬疑必须这样啊,什么悬疑才不是那么简单的啦。他们根本就没明白,录像带电影再

二 "古丘废村杀人事件"

长也就一小时,没可能把所有要素都尽善尽美地放进去。就算拍了,你们也看到了吧,放映到屏幕上完全看不清楚什么细节,所以还是追求戏剧性比较好。题目也直接一点,就用《古丘废村杀人事件》。这样也好吸引观众啊。本乡对于这方面应该也是心里有数的。"

怎么说呢,我几乎是呆愣地在听中城的话。我并不是推理小说爱好者,只是经常会买一些便宜的文库本来打发无聊,其中也有号称是悬疑的作品,仅此而已。但是,我还是觉得中城认为观众不会在意诡计的想法很奇怪。

"……不过仔细想想,事实又是如何呢?假设二年F班的录像带电影完成了,那么来捧场的观众会是哪些人呢?

其中应该会有推理小说研究会的人吧,不过也应该有基本没看过推理小说的人。这并非毫无根据,壁报社发行的《神山月报》曾经在全校做了问卷调查,然后刊登了"神高学生识字率"这个玩笑企划。里志很开心地念给我听了,所以我有印象,过去一年看过一本小说的人在神高学生中只占四成左右。在那些人中又有多少人看过推理小说,而且看的时候会在意诡计呢?

考虑到这些因素,倒也不能说中城的主张站不住脚。

中城跷起二郎腿继续说道:

"不过,在故事的进展上,还是要拍一下犯人杀死海藤的手段才行,不然就缺少了高潮。所以入须才会特地拜托你们的……啊啊,对哦,你们很喜欢悬疑吧。抱歉,我没有恶意的,我只是想让电影顺利完成而已。"

愚者的片尾
Why didnt she ask EBA?

都说了这是个误会,我们是古籍研究社的人,跟侦探小说研究会没什么关系啦……算了,也不是必须要解开的误会。

中城的语气越来越激昂了。

"那个剧本简单来说就是密室杀人吧。海藤死去的房间没有其他的出口,问题在于犯人是怎样杀死海藤的。

"答案很简单。犯人是从唯一的出口出去的。"

伊原皱起眉头问道:

"从哪里出去?"

中城笑了。

"你还真是迟钝啊。那当然是窗户呀。"

……窗户?

我回忆着昨天看的录像带电影。尽管记忆中残留着一些片段,但是很讽刺的,那都是如中城所说的戏剧性部分,现场的布局却怎么都想不起来。没办法,我只好对里志说道:

"里志,麻烦给我看一下平面图。"

里志很开心地摆出了敬礼的姿势。

"Yes,sir!稍等一下。"

他把手伸进束口袋,拿出一张纸。上面是他大致画下来的剧场平面图。

根据那张平面图,海藤是在上游死去的。剧中的登场人物们是从右通道进去的,我记得那个时候门上锁了,所以有人跑回去拿万能钥匙。也就是说,从右通道来看,上游是密室。

二　"古丘废村杀人事件"

然后是……对了，胜田从舞台跑到下游。因为从左通道经过舞台就能进入上游吧。但是到了下游，却发现门被堆积的木材堵住了。应该是这样没错。

……

说起来，中城那句"现场是密室"本身就不太可信。

纯粹的密室是不可能的，因为如果真的是密室的话，就不可能会发生杀人事件了——我并不是想说这样的话。虽然从影像中不容易看出，但是看平面图就一目了然了。除了窗户之外，不是还有一个出入口吗？

我指着那个场所——会场的出入口说道：

"这里是怎样的情况呢？"

中城很干脆地说道：

"打不开。"

"啥？"

"被彻底钉死了。所以你可以当做不存在这个门。"

我顿时哑口无言。位于视野边缘的伊原露出了一脸受不了的表情，我的脸色恐怕也差不多。我们完全没听过这件事情啊！

昨天入须向我们保证，负责剧本的本乡在出题方面是秉持公正性的。但是仔细一想，她并没有说摄影组在拍摄影像上也是遵守公平原则的。这实在是……在感到脱力的我旁边，里志微笑着在会场出入口处打上了大叉。

总之，既然会场出入口无法使用，那么密室的出口一共是四个。

075

愚者的片尾
Why didn't she ask EBA?

上游的门和窗户，下游的门和窗户。其中，两边的门都堵住了，所以只剩下两个窗户。

"窗户的话……是哪边的窗户呢？"

听到伊原的提问，中城哼了一下鼻子。

"当然是这边呀。"

"是上游吗？为什么说当然呢？"

"那还用问吗？下游的窗户被衣柜挡住了，根本没办法用。"

是这样吗？里志再次微笑着给下游的窗户打上大叉。

这样的步调完全是在浪费力气。我最讨厌大幅度浪费能量的状态，也就是徒劳，所以就干脆一次问个清楚好了。

"学长，看来那段影像没交代清楚的东西太多了，这应该是因为放映效果不太好的关系吧。除了刚才提到的两处以外，如果还有其他无法使用的出入口，能麻烦你全部告诉我们吗？先不去管和密室到底有没有关系。"

"这样啊，我想想。"

中城稍微思考了一会。

"……对了，左通道最里面的等候室其实是进不去的。因为门把坏了，钥匙插不进去。另外建筑物朝北的方向……也就是这张平面图左通道那边的窗户，全部为了防雪而钉死了。虽然也不是没办法拆掉啦。"

"就这么多吗？确定没有其他地方了？"

"嗯，就这么多了。"

二 "古丘废村杀人事件"

中城一口咬定。

我虽然多少有些怀疑,不过信用是财产,所以姑且还是相信他吧。这时,一直保持沉默的千反田问道:

"本乡学姐也知道这些情况吗?她应该没有参加摄影吧……"

对哦,这点确实很重要。如果本乡不知道剧场的具体状况,只是看着平面图来写剧本的话,那么也可能会使用到实际上无法使用的路线。

中城的回答消除了我们的疑虑。

"在确定舞台和剧本之后,本乡应该去楢洼考察过一次的。"

"请问那是什么时候的事情呢?"

"我想想,六月……不对,是五月底吧。"

"中途打岔真是不好意思了,请继续说吧。"

中城点了点头,认真地继续发表自己的意见。

"也就是说,犯人是从上游的窗户进来犯案,然后出去的。这样一来,不需要走这扇门就能杀死海藤了吧?我们也能顺利将这个场面拍好。你们觉得如何?"

你问我如何……

犯人没有从这扇门走过,其实是从窗户进出的吗?

"啊啊,原来如此!"

千反田拍了一下自己的膝盖。

面对热情洋溢的中城,我实在是难以泼他冷水。这时,"可靠"的伊原帮我说出了想说的话。

愚者的片尾
Why didnt she ask EBA?

"中城学长,可是这样一来作为悬疑作品来说就有些太糟糕了。"

被一针见血指出问题的中城露出了不爽的表情,不过语气倒是没有变得粗暴起来。

"在你们看来也许是这样没错,但是还能有其他什么路线呢?而且……对了,你们并不了解本乡吧。本乡又不是悬疑专家,她应该没有考虑过要准备非常惊人的诡计吧。"

他说我们不了解本乡,这确实是难以否定。可是,这样的话……本来我只需要在一旁静静听着就好,但是现场的氛围却让我情不自禁投入其中了。

"那么,学长,按照这个思路能锁定犯人吗?"

"锁定?"

"如果本乡学姐准备了这个诡计,那么犯人会是谁呢?"

中城似乎没有准备好答案,他又盘起胳膊陷入了沉思。于是,伊原充满自信地进行追击。

"而且啊,大家闯入事件现场之后,摄影机不是拍到窗户的外面了吗?"

"嗯。"

"从那个影像看来,窗外明显没有人走过的痕迹。中城学长的方法是行不通的。"

事件现场的窗外……

我想起来了,有一幕拍到了长得和人差不多高的茂盛杂草。原来如此,如果有人从那里经过的话,杂草就会留下被踩踏的痕迹才

二 "古丘废村杀人事件"

对。伊原向没有想明白的中城进行了说明,但是,中城却依旧坚持己见。

"这种事情算不上什么大问题。"

嚯。

我代替伊原参与了辩驳。

"为什么呢?我觉得这样就一清二楚了呀。"

"说不定是本乡忘记写清楚相关指示了。"

"……如果按照这个论调的话,那就没有讨论的意义了呀。伊原的意思换句话来说,就是没有犯人的足迹。本乡学姐会糊涂到把这样的事情都忘记掉吗?其他也有什么遗漏的地方吗?"

中城陷入了沉吟。

但是,他却惊人的顽固,像是突然想起什么似的,抬起头大声喊道:

"对了,是杂草啊!"

"……杂草怎么了?"

中城露出恢复自信的表情,气势十足地说道:

"你们认为那扇窗户没有被使用,是因为外面的杂草没有被踩踏过的痕迹吧?"

伊原慎重地点了点头。

"你们在这点上犯了一个错误。我刚才说过了吧?本乡是五月底去楢洼考察的。那个时候杂草还没这么茂盛,所以本乡认为窗户这个路线可以使用。"

愚者的片尾
Why didnt she ask EBA?

里志发出了感叹的声音。如果不是顾虑到中城本人的话,他想必会这样说吧——"总算说了一句像样的话"。伊原尽管想要反驳,但一时之间不知道该怎么说才好。我在内心偷笑,中城还真有一套。本乡视察时设计的犯人脱逃路线在实际摄影时变得无法使用吗?

确实是比较合理的说法,但是……

中城将我们的沉默当成了认可,滔滔不绝地继续说道:

"所以啊,下一次摄影的时候先把杂草全部砍掉,再从发现尸体的那个场景重新开始就可以了。对哦,为什么我之前都没想到这个方法呢?这样问题就迎刃而解了!"

中城彻底得意忘形了……我放弃进行反驳。反正只会白费力气而已。

千反田见话题告一段落,便微笑着对中城说:

"非常感谢学长告诉我们这么多事情。应该能给入须学姐一个好的交代了。"

中城很满足地点了点头。看他干劲十足的样子,搞不好等一会儿就要开始自己写剧本了。

数分钟后,地学教室。

"唔"——应该这样写吗?伊原发出了实在难以描述的呻吟声。

"那样可以吗?要那样通过吗?"

看来中城预料之外的反击让她陷入了混乱。虽然那个诡计——准确说是形似诡计的主意令人难以接受,但是关于杂草的这部分意

二 "古丘废村杀人事件"

见是合乎道理的。对于无论多小的破绽都会追究到底的伊原来说,是有些无法释然吧。

"从物理角度来说,确实是行得通啦。"

里志的语气中也带着一丝不满。

而千反田则是——

"……"

从刚才开始就一直时不时偷瞄我。这让我十分在意,只好主动找她说话。

"干吗啊,千反田?"

"啊,唔……"

千反田稍微犹豫了一下,最后还是说出来了。

"折木同学,刚才中城学长所说的推理,你认为是本乡学姐的真实想法吗?"

"……先不说我的看法,你是怎么想的?"

被我反问的千反田却是一副欲言又止的样子。态度和心境这么一目了然的人还真是少见。千反田的表情尽管没有太大的变化,但是她的眼睛和嘴角已经说明了一切。于是我帮她说出来了。

"你觉得不满意吧。"

"不是不满意!只是……有点难以接受。"

这不就是不满意嘛。

中城的态度从某种意义上来说很了不起。能够坚定不移地提出自己的主张,丝毫不肯让步,而且还不断加以补充来推翻我们的反

愚者的片尾
Why didnt she ask EBA?

驳。但是，无论中城有多么热忱，无法接受的事情那就是无法接受，不满意也不会变成满意。

我盘起胳膊来，这可不是在模仿中城哦。

"嗯，也难怪你会这么想。中城的那个说法是无法成立的，所以你潜意识之中产生了别扭感吧。"

伊原先于千反田对我的这句话做出了反应。她迅速靠近我问道：

"无法成立？其中有什么矛盾的地方吗，折木?!"

她就这么想要摧毁中城的方案吗……

我朝里志招了招手。里志理会了我的意思，将平面图抛了过来。我在桌子上摊开，让千反田和伊原都能看清楚。

我尽可能以平常的语气说道：

"中城的方案其实很简单，如果采用的话，那么把那个录像带当成悬疑来看就有些太愚蠢了。而正因为简单，所以很难在物理条件上进行否决。伊原你正是因为想在物理条件上进行否决，所以才不知道该怎么说吧。"

她无言地板起了面孔，这是肯定的证明。

而千反田则是兴致盎然地靠过来。我轻轻地把自己的椅子往后面拉了一下。

"也就是说，从其他方面来看是不可能的？"

"并不是说完全不可能……你还记得伊原问中城的事情吗？她问中城记不记得本乡有没有说过用的是什么类型的诡计。"

千反田果断地点头。

二　"古丘废村杀人事件"

"我记得。她问的是'她提到过诡计是物理性还是心理性的吗'。"

"就是这个。也就是说,可以从很简单的心理层面否决掉简单的物理性解决。"

听到我这么说,里志突然笑了。

"哈哈哈,还真是拐弯抹角的说法。奉太郎,你实在是太像'侦探'了!"

他明明知道我才不想当什么"侦探",真是个个性恶劣的家伙。不过,我的说法可能确实有些过于拐弯抹角了。我坦然地反省,改口道:

"也就是说,站在犯人的角度来思考,是不会想要从窗户进来的。"

我指着平面图上的事件现场。更准确来说是现场里的窗户。

"登场人物中无论是谁,如果要从窗户进入的话,那么就必然要先到剧场外面去才行。但是……

"自己的同学就分散于剧场的各处,在这种状况之下,大白天是不可能会采取这个行动的。一看就知道,无论是从哪个房间前往事发现场,都必定会被别人看见,而且还会发出脚步声。换成我的话,是不会冒这样的危险的。"

"唔。"

里志摸了摸下巴。

"原来如此。如果我想在那里杀人的话,确实不会采取中城那

083

愚者的片尾
Why didnt she ask EBA?

个可能暴露行踪的方案。而且是大白天，晚上的话还有点可行性。我们有些太在意物理方面的可能性了。"

"嗯，就是这么一回事啦。"

在我下了结论之后，千反田"呼"的一声叹了口气。

"明白了。我之所以难以接受，是因为无法想象采取中城学长的意见所拍摄出来的影像吧。要悄悄潜入海藤学长所在的地方，却还要担心自己头上会不会有别人在，这实在太奇怪了。"

尽管如此，却还是有人无法释然。那就是伊原。

"折木你说的可能没错，但是我们又不知道本乡学姐有没有注意到这一点。"

说的也是。如果能去问本乡的话，那么所有事情都能一瞬间解决了……不过正因为没办法，所以才会把烂摊子交给我们。尽管如此，也不能把这个问题一直放着不管吧。

"我们不清楚本乡的布局到底有多周到。但是大家都一样，中城他也只是间接知道而已……"

我刚说到这里，地学教室来了个客人。是刚才负责帮我们带路的江波。她站在教室的入口，没有要进来的意思。

"成果如何？"

里志露出讽刺的笑容回答道：

"有初步结论了。"

"怎么说？"

"中城学长的方案被否决了。"

二 "古丘废村杀人事件"

江波喃喃说着"这样啊",看起来一点都不觉得遗憾。不过千反田还是对她深深地低下了头。

"非常抱歉。"

"不,这不是你们的错……那么我明天带你们去见第二个人。"

明天。明天还要继续吗……我的暑假……

听她说完之后,江波就准备离去了,但我叫住了她。江波停下脚步,讶异地转过头来。

"有什么事吗?"

感觉她的态度很冰冷,我尽量让自己不要去在意。

"能帮忙把剧本拿给我们看看吗?拍摄中实际使用的。"

江波像是在品头论足一般看着我。

"你们已经看过录像带了,还有这个必要吗?"

"嗯,是的……我想知道本乡学姐的细心程度。"

江波轻轻地点了点头,表示会帮我们准备好。

接下来我们拿中城当谈资闲聊了一会,不过话题早就脱离了他的解决方案。不论结果如何,中城的拼命气势都给我们留下了很深的印象,我们基本上就是在聊这方面的事情。

我对中城的其中一个印象就是,他很符合入须的那句话——"缺乏技术的人是难以做好工作的"。

三 「不可见的入侵」

愚者的片尾
Why didnt she ask EBA?

隔天。

考虑到我之前缺乏行动意愿，于是千反田一大早就给我打电话了。柔和的话语之中包含着"一定要过来"的社长命令，对此我并没有什么非要反抗不可的理由，所以还是乖乖地去了学校。既然都已经上了贼船，想要中途下来的话反而会更加麻烦吧。我可不想引火烧身。

走出家门的时候，我发现信箱里有国际邮件。收信人不是我，而是老爸，所以我没去碰。不用看也知道是谁寄来的，肯定是折木供惠，我的姐姐。

我的姐姐本来就很喜欢到处跑，日本这么大的地方完全不能满足她，干脆去周游世界了。现在人在东欧。老姐时不时会给我带来麻烦事。而且跟千反田带来的麻烦不太一样，是更接近于精神层面的麻烦。不过这次的信不是寄给我的，因此，我可以不被老姐耍得团团转，全心全意去让千反田牵着鼻子走，真是可喜可贺。

……会可喜可贺那才有鬼了。

就这样，我来到了地学教室。

在江波来之前，基本没什么事情好做。夏天的暑气依旧很重，所以我坐到比较阴凉的位置上，看着从一百日元商店里买来的文库本。由于目前正因为悬疑电影的事情在烦恼，所以我提不起劲来看推理小说，就在也卖新书的旧书店选了一些其他类型的书。

三 "不可见的入侵"

千反田丝毫不在意日晒,靠在教室另一侧的窗边俯视着操场。千反田很耐热,而且怎么晒都晒不黑……至少看起来是这样。她目不转睛地盯着操场,更准确地说,其实是关注着那些在操场上为文化祭进行准备的人。我有些担心她是不是又发现了什么麻烦事,不过她眼睛里并没有好奇的神色,看来是没什么问题吧。也就是说,她现在也是闲得无事可做。

只有伊原是一点都不闲的。身为文集《冰菓》的实质负责人,她这个时候仍旧在笔记本上写着什么。她的原稿应该已经完成了,为什么还在写东西啊?我刚才问了她这个问题,结果被狠狠地瞪了一眼。

她说:

"如果只靠原稿就能制作文集的话,那要编辑干什么啊!"

似乎是这么一回事。真是辛苦她了。

至于里志,他也和我一样拿着文库本。由于包了书皮,不知道具体是什么书。尽管微笑是里志的基本表情,但也没到连看书时都保持笑容的地步。话说,面无表情的里志看起来倒是挺好笑的。

我刚这么想,里志突然放松了表情。他放下文库本,抬起头来四下张望。

"我问一下,你们侦探小说看得多吗?"

听到他的提问,伊原停下手来,一边活动肩膀一边回答道:

"阿福,为什么突然问这个?"

"嗯,我昨天听到中城学长说的话,发觉每个人对侦探小说的

愚者的片尾
Why didnt she ask EBA?

看法是存在差异的。所以我想知道大家的侦探小说观念，简单来说就是确认一下我们之间具体有怎样的差异。"

哟，确实，中城的观点对我来说很新鲜。经过了一个晚上，我现在觉得他那种思维模式说不定是来自两小时电视剧。里志会对这种偏差产生兴趣也不是什么不可思议的事情。

"哦，我很普通啦。"

"我就是想知道我们对于'普通'的认知有没有什么不同，所以才这么问的啦。"

里志笑着说道。伊原可能觉得他说的也有道理吧，露出了一丝苦笑。

"应该算普通吧，唔……我是觉得蛮普通啦。像克里斯蒂和奎恩之类的，还有卡尔。"

这些算普通吗？虽然名字我都听说过……里志也歪着头说道：

"与其说是普通，倒不如说是王道吧。或者是古典，跟我们古籍研究社倒是蛮搭的……只有这些吗？日本的呢？"

"这么说来，日本的我看得并不多呢。只有一些铁路题材的作品吧。虽然我比较喜欢悬疑作品，但是大部分作家我都不太喜欢。"

明明就看了很多嘛。难怪她这次会对二年F班的"悬疑"那么感兴趣。在我们四人中，伊原看的推理小说可能是最多的吧。

"奉太郎，你呢？"

被点名后，我没有合上文库本，直接回答道：

"我没怎么看的。"

三　"不可见的入侵"

"也就是说你没有专门去找侦探小说看吗？也是啦，奉太郎你看书的范围很广，相当没节操呢。"

要你管。

"我有看过几本黄色书脊的文库本*，仅仅是这样而已。"

我懒得正经回答，就随便说了这么一句。

"哈哈……那么是日本作家吧。而且还是相当有名的呢。"

却没想到里志马上就做出了回应。居然能够沟通啊，他的知识依旧是毫无意义的广泛。

里志将视线转向千反田，只见她缓缓地摇了摇头。

"我没有看过。"

"咦。"

里志发出了深感意外的声音。我也有些意外。从千反田那不管多么无聊的事情都会找出谜题的个性来看，总觉得她会很喜欢推理小说啊。里志慎重起见，又问了一次：

"完全没看过吗？"

"我接触过一些，结果发现自己没办法喜欢上悬疑作品，后来就基本没看了。这几年是碰都没有碰过。"

并不是没有看过，而是看了之后产生了排斥反应。这位将每天的生活变化成推理小说的大小姐，却不喜欢推理小说吗？这还真是个悖论啊。就像讨厌商业小说的生意人一样吗？这么一想，倒也不是特别奇怪的事情。

---

*　黄色书脊文库的日本推理作品，应该是指讲谈社文库出版的岛田庄司作品。

愚者的片尾
Why didnt she ask EBA?

这时，伊原惊讶地说道：

"是这样吗？可是小千，你看二年F班的悬疑电影时不是相当乐在其中吗？"

千反田微微一笑。

"因为我很期待看到入须学姐他们的作品……并不是因为是悬疑电影才有所期待的。"

原来如此。道理上讲得通。

那么，还剩下一个人。顺序是必须要遵守的。里志似乎已经大致有数了，一个人在那频频点头。我向他问道：

"那么，你自己如何呢？"

"我吗？"

"对古今东西的名侦探都如数家珍吗？"

里志很干脆地否定了我的玩笑。

"不。"

嗯？

伊原的嘴角露出了一丝笑意。

"我很清楚阿福的兴趣哦。"

听到她这么说，里志有些不好意思地低下了头。见状，千反田顿时产生了兴趣。

"咦，怎么回事啊？福部同学，应该不是什么秘密吧？"

顺便一提，如果里志这个时候说是秘密的话，那么千反田就不会再追问下去了。这是我从过去的经验中学到的事情，大小姐的好

三 "不可见的入侵"

奇心还是很有分寸的。

而里志则是有些支吾其词。

"这个嘛,我……"

搞什么嘛,不要吊人胃口啦。

不过,一旁的伊原很干脆地爆料了。

"阿福很向往Sherlockian的吧!"

……啊啊。我懂了。

所谓Sherlockian,就是夏洛克·福尔摩斯的狂热书迷。我不太了解详情,不过听说其中有人甚至还认真研究过福尔摩斯的搭档养的那只斗牛犬后来怎么了。没有稚气与玩心的话是无法坚持这种兴趣的吧,而里志应该算是两者兼备。

"Sherlockian是什么啊?"

"唔,就是……"

伊原向没听过这个词的千反田进行说明,一旁的里志小声地指正:

"我向往的不是Sherlockian,而是Holmesist啊……"

这两者有什么不同吗?

就在我们聊着这个话题的时候,江波来了。她站在入口处,向我们行了一礼说"今天也请多多指教",然后——

"非常抱歉,今天没能借到空教室。只好请大家去二年F班的教室,有点乱就是了。"

愚者的片尾
Why didnt she ask EBA?

她这样说着,征询我们的意见,不过看起来倒是不像心有歉意的样子。

"那就走吧。接下来是判决会议的第二场。"

里志非常开朗地说道,我们闻言便陆续走出地学教室。我心不在焉地想着,既然是判决会议,那么他们过来找我们也是可以的吧。

今天校舍里的各个社团依旧是热闹非凡,走廊里响起的琴声是传统音乐社在试奏吧。我似乎在那里听过这个旋律,后来发现原来是水户黄门里面的。这算是雅致吗?

江波一边走,一边回答我们昨天问过的问题。

"今天要请你们去见的是羽场智博,是小道具组的人。"

我看了一下里志,他摇了摇头。看来羽场也不是名人。昨天是摄影组的人,今天是小道具组的人,总觉得明天还会继续啊。江波面朝前方,神情肃穆地前进着。

"虽然他没有固定的职务,不过由于喜欢出风……做事很积极,所以应该知道一些比较琐碎的事情。你们还有什么想知道的吗?"

做事小心谨慎的伊原询问道:

"那个,既然羽场学长是喜欢出风……做事很积极的人,为什么没有去当演员呢?"

哈哈,真是个好问题。这种类型的人应该很喜欢上镜头的吧。江波回头看了伊原一眼,轻轻地点了点头。

"他确实是想当演员的。"

"那么……"

三 "不可见的入侵"

"被投票表决否定掉了。"

原来如此。我顺口说道:

"那么为什么要让我们去见这样的人啊?"

爱出风……做事积极的人会坦率地接受我们这些外人的判断吗?这时,江波少见地露出了表情,看起来似乎是有些困扰的样子。

"我也觉得他不适合……但既然入须选了他,那么一定有什么理由吧。非要说的话,对了,说不定是因为他是所有工作人员中最了解悬疑的人。当然,这也是他自称的。"

这番不彻底的帮腔让我不禁莞尔。

不过,里志一再强调"女帝"入须有多知人善用。如果他所言属实,那么就像江波说的那样,一定有什么理由吧。而且我们这次是被入须给拉进来的,怀疑她的战略对我们来说也没什么好处。我正这样想着,里志却表现出有点不满的样子。

"入须学姐她自己在做什么啊?完全都没露面呢。"

这么说来,确实是这样啊。自从前天的试映会以来,就没见过她了。江波毫不迟疑地给出了回答:

"为了能将你们最后得出的'正确答案'写成剧本,她在寻找这方面的人才。进展情况也相当不顺利。"

我们走过游廊,从特别大楼来到普通大楼。

在看到二年F班教室的时候,千反田缓缓地开口了。

"江波学姐。"

"什么事?"

愚者的片尾
Why didn't she ask EBA?

"请问，江波学姐你和本乡学姐很熟吗？"

听到这个问题，江波一时之间表现出困惑的样子。尽管算不上是产生了动摇，不过话语出现了些许迟疑。

"……为什么这么问？"

"没什么理由。"

在江波身后的千反田露出了微笑。

"我只是有点在意写出那个剧本的是个怎样的人。感觉是个非常正经的人呢。"

我们来到了二年F班教室的前面。江波停下脚步，转过头来有些快速地回答道：

"本乡的性格非常一本正经，做事很细心，责任感强烈，像笨蛋一样温柔，又相当脆弱，是我的好朋友。但是，你们听我说这些又能从中得知什么呢？好了，羽场在等着你们。接下来就麻烦你们了。"

然后她没有进教室帮我们引见羽场，直接转身快步离去了。

正如江波所说，二年F班的教室确实有点乱，到处堆放着杂物。录像带电影里登场过的登山包以及基本上没有登场的背包内的东西，都一起放在了教室的角落。黑板上以潦草的字迹写着类似时间表的东西，还有一行非常显眼的黄色粉笔字——"下周日=绝对究极最终时限"，像是要将时间表给盖住一般。桌子和椅子也相当杂乱无章，我这时才真正体会到这个班级企划直面的危机感。这个教室

三 "不可见的入侵"

的氛围实在是非常糟糕,我都有点怀疑让我们和羽场在这里见面会不会是入须的策略,为的是让我们能够更加尽心尽力地帮助他们。

在这个教室的角落,阳光照不到的地方,坐着一名男生。他戴着眼镜,身材中等偏瘦。看到我们走了进来,他有些做作地举起手来打招呼。

"你们就是入须找来的观察员吗?我是羽场智博,请多指教。"

千反田先报上姓名,然后我们按照和昨天相同的顺序进行自我介绍。羽场像是要牢牢记住我们的名字似的,在嘴里不停地重复,接着才招呼我们坐下。

我不知道羽场平时都是怎样的态度,不过他现在看起来似乎心情大好。他一脸满足地看着坐下来的我们,点了点头。

"你们很懂悬疑对吧?太好了,我们班上几乎没有对这方面有所了解的人啊。"

看来二年F班的人们得到了有点偏差的消息。千反田似乎也很在意这方面的误解,轻轻地说道:

"我们是古籍研究社的人。"

羽场闻言,顿时瞪大了眼睛。

"这样啊,你们是古籍研究社的人啊。那么你们主要是看黄金时代的作品吗?真是伤脑筋,原来是这样啊。"

还是产生了偏差。不过,就算把活动目的不明的古籍研究社当成古典悬疑社,也不算是特别严重的误会。

羽场一边继续嘟囔着"真是伤脑筋",一边拿出了一张A4纸,

愚者的片尾
Why didnt she ask EBA?

放到自己的桌子上。我看了一下，那是电影里面那座剧场的详细平面图。上面有各个房间的正式名称、窗户的位置，甚至连设计师的名字都有，虽然有些部分比较模糊，只能看出"中村青"这几个字。被堵住无法使用的出入口全都清清楚楚地打上了大叉。

里志情不自禁地出声喊道：

"学长，这是！"

"嗯？怎么，你们难道没有拿到这张图吗？"

里志无言地将自己手绘的平面图递给他看。羽场看了一眼，沉吟道：

"……唔，你这张其实也没什么问题啦。"

"请问，这张平面图是怎么来的啊？"

羽场笑着回答了伊原的问题。

"那个剧场是古丘町的公共建筑，在当地的办事处留下了平面图。只要有这个，就能够掌握剧中的位置关系。我就是看着这个进行推理的。"

在羽场的平面图上面，不仅是尸体的位置，连每个角色的位置都标示得一清二楚。很有干劲是一件好事，倒不如说对我而言，这是非常理想的情况。羽场很开心地追加了一句：

"不过呢，如果把悬疑当成作家与读者的对决，对手是连业余作家都算不上的本乡这一点，让我有些难以满足啊。"

他还真是相当有自信呢。千反田看着他的侧脸询问道：

"本乡学姐好像不太了解悬疑吧？"

三 "不可见的入侵"

"嗯,在开始拍这部电影之前,她应该几乎没看过的。"

"但是,多少还是接触了一些吧。"

羽场翘起嘴角说道:

"都是些比较平淡的作品。你看,那里就是她临时抱佛脚的痕迹。"

他用下巴指了指教室的角落。那里叠着几本书,从尺寸来看,基本上都是文库本。千反田站起身来。

"请问,我可以看一下那些书吗?"

对于在意起奇怪地方的千反田,羽场似乎是感到有些困惑。我也不太明白那些东西能有什么用处,不过大小姐的好奇心总是让人无法预测。千反田没等羽场回答,就站起来将那些书拿了过来。看到叠在平面图旁边的书山,里志不禁惊呼道:

"哇,是延原翻译的啊……而且还是新装版。"

那是我们之前聊得正欢的夏洛克·福尔摩斯。浮雕效果的封面十分精致美观,洁白发亮的书皮显示出这些夏洛克·福尔摩斯的小说买来还没多久。伊原瞄了这些书一眼,有些失望地说道:

"她是看福尔摩斯来学习悬疑的吗?"

羽场答道:

"是啊。所以说她是外行人嘛。"

……看福尔摩斯就是外行人吗?这还真是狂妄的意见啊。而且这里还有里志这个向往Sherlockian(或者该说Holmesist)的人在场呢。不过里志本人倒是毫不在意地笑了。

愚者的片尾
Why didnt she ask EBA?

"是可以这么说啦。"

唔。

千反田拿起书山最上面的一本,随手翻了一下。还是早点解决正题吧……我不知道她知不知道我的这个想法,估计是不知道吧,不过就在这时,千反田突然停下手凝视着某一页。

"咦?"

"怎么了啊?"

"上面有奇怪的标记。你看。"

她翻开那页给我看,我漫不经心地瞄了一眼。那是目录。在每个短篇的标题前面全都做了标记,不过我并不觉得那是"奇怪的"标记。

福尔摩斯办案记
柯南·道尔

○ 波希米亚丑闻
△ 红发会
× 身份之谜
△ 波士堪谷奇案
× 五枚橘籽
◎ 歪嘴的人
○ 蓝石榴石探案

三 "不可见的入侵"

> - × 花斑带探案
> - × 单身贵族探案
> - △ 红桦庄探案

"你看,这里也有。"

> 福尔摩斯档案簿
> 柯南·道尔
>
> - ○ 显赫的委托人案
> - ◎ 苍白的士兵案
> - △ 王冠宝石案
> - × 三面人形墙案
> - ○ 吸血鬼案
> - ◎ 三名同姓之人案
> - △ 松桥之谜
> - △ 匍行者案
> - △ 狮鬃毛案
> - × 蒙面房客案

我大致扫视了一遍,将书塞回给千反田。

"有什么奇怪的啊,只是把能用的构想圈起来而已吧。"

愚者的片尾
Why didn't she ask EBA?

"是这样吗？"

千反田尽管看起来并不太接受这个说法，不过也没有继续纠结下去了。我听见里志嘴里似乎是在念念有词，但是当我看向他的时候，他却表现出没有这回事的样子，津津有味地注视着平面图。

"别管那些了。"

羽场用手指敲打着桌角，心急地说道。

"让我们快点开始推理吧。"

哦，看来他很迫不及待地想要发表自己的想法。算了，能快点解决问题那也正合我意。我用手肘挡住了想去拿第二本的千反田，她这才注意到羽场的样子，交替地看了看手中的文库本和烦躁不已的羽场，于是将文库本放回到书山上。

"不好意思，请开始吧。"

羽场重重地点了点头。他装腔作势地取出插在胸前口袋里的圆珠笔，然后咳嗽了一下，就像要开始进行演讲一样。好了，要开始了哦，就让我洗耳恭听吧。

"那么，就请你们听听看了。我认为，那个悬疑并不难。倒不如说，是属于简单的类型。"

他停下来观察我们的反应。至少我是没什么反应，其他人就不知道了。

"首先我想跟你们确认一件事情，那就是那起事件并不是计划性杀人。不，应该说半计划性才比较准确吧。总之，不是事先有完整的预定计划。犯人是因为碰巧具备了条件，所以才下手了而已。

三 "不可见的入侵"

这个想法应该是没有错的,你们能够接受吧?"

他的这段引言还挺像那么回事的。不过老实说,我倒是没注意到这一点。原来如此,这么说来,那部电影无论是采取了怎样的手法,都不可能有严密的计划性。因为……

"……为什么呢?"

千反田疑惑地问道。羽场刚开始说没多久就被打断了,我还以为他一定会很不开心,却没想到他反而得意洋洋地进行了说明。

"因为,如果一切都是按照计划进行的话,那么要怎样才能让海藤前往剧场的右侧呢?海藤之所以会一个人去剧场一楼的右侧,是因为他自己选择的那把钥匙所造成的结果。这不太可能也是犯人的计谋,认为犯人灵机一动利用了那个状况还比较合理。不过,其实无论是哪种,都没什么差别啦。这两种在悬疑作品中都有丰富的实例。"

我听说魔术师能够让观众从好几张牌中抽出他所期望的那一张,不过这次应该不是这样的情况。所以我认为羽场言之有理。

接下来,羽场用圆珠笔的尾端指向平面图的上游。那是"发现尸体的地方"。

"如你们所知,这是密室杀人。与作为杀人现场的上游相通的门分别是这里、这里和这里。其中两处被堵死无法使用,另一处在发现尸体时是锁住的。另外,还有两扇窗户。一扇被封死了,另一扇外面长了跟人一样高的草。茂密的草丛没有被踩踏过的痕迹,也就是说,正常情况下杀死海藤的犯人是没办法逃跑的。"

愚者的片尾
Why didn't she ask EBA?

羽场一口气就赶上了中城的推理进度，然后笑了。

"然而，杀死海藤的犯人也不在室内，所以这是典型的密室。不用我多说你们也明白吧，密室杀人只要在发现尸体的瞬间成立，那就可以了。正确的说法是让所有人认为密室杀人是成立的。那么，要怎样才能做到这一点呢？古今的推理作家构思出了无数种方法。

"先从最简单的方法开始吧。犯人使用了正规的钥匙——也就是万能钥匙进入现场，犯案后再将钥匙还回去。是否存在着这样的可能性呢？

"这样就太无趣了。如果真相是这样的话，就算被扔臭鸡蛋那也没话好说。不管本乡再怎么业余，也不至于这样。不过，姑且还是当成候选方案来探讨一下吧。

"钥匙是在办公室里面。要想进入办公室，就必须经过玄关大厅。然而，杉村在二楼用具室里面，玄关大厅时刻处于他的监视之下。或者说，不管怎样都存在被监视的可能性。所以，如果犯人想拿到钥匙的话，就只有期待自己运气很好，不会被杉村发现。作为杀人方案来说，这实在是太不可行了。

"那么，杉村自己就有办法顺利拿到钥匙吗？这同样不行。杉村想到办公室去的话，就必须保证自己不会被濑之上、胜田和山西中的任何一个人看到。所以是同样的道理。"

嚯，推理的步调相当慎重嘛。完全不像他给人的印象那么粗枝大叶。

"而现在得出的'没有人能够顺利通过玄关大厅'这个结论是

三 "不可见的入侵"

非常重要的。这样一来,不仅是上游,一楼右侧通道整体就变成了任何人都无法进入的场所。你们能理解我的意思吗?"

羽场提出了这个问题,将视线从平面图上面移开。他就像是在选择回答问题的学生一样,依次望向我们每个人。

……啊,伊原似乎和他对上了视线。

在短暂的沉默之后,伊原简短地回答道:

"就是说没有施展物理性诡计的余地吧。"

听到她的回答,羽场一瞬间露出失望的表情。

不过,他马上就恢复了原有的热情。

"正是如此。"

搞什么啊,原来是因为正确答案被别人说了出来而感到不开心吗?不知道是不是我的错觉,总觉得羽场好像变得冷淡了不少。

"没错,即使能用细线之类的把戏从房间外面拿到钥匙,在这个情况之中也是毫无意义的。犯人无法进入右侧的通道,也无法从右侧的通道出来。也就是说,靠那些把戏是无法打破这个第二密室的。这样一来,就排除了从外侧动手脚制造密室的可能性。

"这个第二密室还排除了另一个常用桥段,也就是密室是由被害人自己制作出来的这个桥段。被害人没有被犯人一击毙命,为了躲避犯人的继续追杀,逃进房间并将房门锁上,结果却死在里面了。这个可能性也被第二密室的存在给否定了。

"那么,还剩下哪些可能性呢?我能想到的是'杀人时犯人不在现场'和'发现被害人时谋杀并未进行'这两种情况,简单来说

愚者的片尾
Why didnt she ask EBA?

就是使用器械的犯案和快速杀人。到这里为止你们都能听懂吧？"

我没问题。

不过，有人没听懂。是最近基本没有看推理小说的千反田。她有些不好意思地举起手来发问：

"那个，不好意思，能麻烦学长说明得更加详细一些吗？"

千反田的请求似乎让羽场感到很满足。他点了点头，得意洋洋地开始了说明。

"使用器械就是指事先在那个房间里设下某种陷阱，以此来杀死海藤。比方说十字弓和毒针，这些都是经常会用到的器械。快速杀人则是指在打开门的瞬间海藤并没有死，犯人是在所有人注意到海藤之前抢先杀死了他。明白了吗？"

千反田有气无力地"哦"了一声。

"然而，这两种可能性也因为相同的要素被否定了。你们知道是什么吗？"

他挑衅似的说道，看向了伊原。伊原很明显地皱起了眉头，然后正面接受了他的挑战。我说你这是何必呢。

"我知道。是尸体的状况吧？"

"没错。和懂行的人聊果然比较有趣啊。"

羽场摆明了是死鸭子嘴硬。我不禁在心中偷笑。

羽场咳嗽了一下。

"尸体状态，也就是承受会切断手臂的斩击而死去的这个事实，否定了器械和快速杀人的可能性。如果陷阱的威力如此之大，那么

三 "不可见的入侵"

进入现场的人马上就能发现的。而快速杀人根本没办法造成这么大的杀伤力。

"总而言之。

"本乡制造的密室是很难从正面解析的。"

话说这里,羽场停顿了一下。他深深地窝在椅子里小歇片刻,接着马上恢复了自信十足的态度对我说道:

"你叫折木,是吧?你认为要怎样解开这个密室谜题呢?"

其实我大致料到羽场在打什么如意算盘。他恐怕是藏了一条有力线索没有告诉我们,那应该就是羽场准备的正确答案吧。不过我没有点破,只是赔着笑脸说了一句"我不知道"。因为我觉得这才是最妥善的选择。

不出所料,羽川一脸轻蔑地笑了,高声说道:

"你们连这点事情都想不破吗?这可不行啊!算了,也怪不得你们。"

然后,他缓缓地站起身,朝堆积着摄影用背包的地方走去。然后,他将手伸进里面,转过头来对我们说道:

"我是小道具组的人,负责购买或制作摄影所需要的小道具。海藤的手臂和血浆是我制作的,不过像这些就要去买了。"

他拿出来的东西果然没有脱离我的预想。

就是登山绳。

"本乡表现得有些起伏不定,比如血浆,她事先指示的分量根本就不够,害得摄影组差点慌了手脚。不过只有这个她是再三强调

愚者的片尾
Why didnt she ask EBA?

的——希望我们能准备好绳子，而且是要坚固到就算吊着人也不会断。所以我提议为了保证安全就使用登山绳吧，本乡也同意了我的意见。你们已经知道这玩意要怎么用了吧？"

他一边说一边走回来，坐到了椅子上。他将登山绳扔到桌子上，得意洋洋地挺起胸膛说道：

"我给你们一点提示吧。别看鸿巢那么瘦，她其实是登山社的哦。"

我偷看了一下大家的表情。从伊原那副无趣的表情来看，她应该早就猜到了。里志则是面带一如既往的微笑看着记事本，不太好判断。而千反田则是一副愣愣的样子，看来她是没猜到。

不管内心是怎样的想法，我们都没有做出回答，所以羽场压低声音，就像是要告诉我们一个天大的秘密一样。

"所以啊，既然没办法从一楼进去，那么从二楼进去就好。可行的路线就只剩下这一条了。鸿巢在二楼的右侧通道，会将她配置在那里并非偶然。我想这一定是因为她是登山社的人。

"本乡的诡计只要想明白那就非常简单，从二楼的窗户垂下登山绳，然后从那里下来，神不知鬼不觉地杀害海藤。回去也通过同一路径就可以了。"

"唔，学长，你的意思是她从上游进去的吗？"

"那还用问吗？如果从其他地方进去的话，要怎么解决门的问题啊……好了，这样你们就明白了吧。那部电影还没有确定标题，不过如果要取的话，我觉得《不可见的入侵》很不错。"羽场挺起

三 "不可见的入侵"

胸膛,炫耀着自己的推论。他认定除此之外不可能有其他正确答案,带着坚若磐石的自信说道:

"好了,来听听看你们意见吧。"

就算你说要听我们的意见……我们看了看彼此。虽然伊原似乎在用视线怂恿着我快上,但我无视了她。和昨天的中城一样,不管做出怎样的反驳都只会是白费力气。昨天的中城是依靠热情与坚持,而今天的羽场则是用自信搭建起防御网。我看向另一边,和千反田对上了视线。我明白她想说什么,于是对她轻轻地点了点头。

千反田也朝我点头,然后转向羽场说道:

"我觉得学长的意见非常精彩。"

虽然羽场一定是很想说"这是理所当然的事情",不过还是秉承谦虚的美德回答道:

"哪里哪里,没那么厉害啦。"

然后,他对着伊原笑了一下。

"你觉得如何呢?"

啊啊,不要故意刺激她啦。不过伊原尽管很不甘心,却还是点头同意了千反田的说法。

羽场该说的都已经说完了,差不多可以撤了。我站起身来说道:

"真是非常精彩的推理啊,羽场学长。这样我们也能给入须学姐一个好交代了……那么,请恕我们就此告辞。"

无比满足的羽场点了点头。以我的话为契机,大家也纷纷站起来向羽场告辞,准备离开二年F班教室。

愚者的片尾
Why didnt she ask EBA?

临走之前,千反田看着还留在桌子上的《福尔摩斯探案全集》,说道:

"不好意思,羽场学长。我想借走这些书,可以吗?"

虽然是比较奇怪的请求,不过心情大好的羽场很干脆地同意了。

"这些都是本乡的东西,不要弄脏了哦。记得要早点还回来。"

不要随随便便慷他人之慨啊,我在内心做出了吐槽。

伊原和里志先出了教室,走在最后的我在关门之前将头伸进教室,装出临时想到的样子询问道:

"羽场学长。"

"唔,还有什么事吗?"

"并不是什么大不了的事情。学长你看了那部电影吗?海藤学长的手臂拍得很棒哦。"

羽场听到我这么说,苦笑着摇了摇头。

"其实,我还没有看呢。"

这个答案让我很满意。

"真让人火大。"

回到地学教室后,伊原才将自己的怒火发泄出来。短短的一句话中蕴含着明显的怒气,所以我不好随便说笑。

能做到这点的只有里志。

"怎么了,摩耶花。学长那种挑衅的态度让你很不爽吗?"

伊原缓缓地摇了摇头。

三 "不可见的入侵"

"这没什么，反正阿福你平时的态度也很挑衅。"

很妙的说法。她将里志天不怕地不怕的生活信条评为挑衅啊。不过，我也以为她是因为羽场纠缠不休地找她麻烦才这么生气的。就像是在说我们根本就没明白一样，伊原叹了一口气，继续说道：

"我讨厌他那种看不起别人的态度。"

"看不起摩耶花你吗？"

"也有这方面啦……但并不仅仅如此，我们所有人，还有本乡学姐以及二年F班的其他人，他全都看不起。要说起来我其实没有生气的理由。"

即使没有生气的理由，她还是很火大，就是这样吧。

羽场的言行让我觉得他很自信，不过伊原似乎将其视为傲慢。羽场看不起周围的人吗？确实，自信与傲慢的区分是很困难的，两者之间的差异可谓是微乎其微。不过会对此产生怒意，这也太符合"正义"的伊原作风了，我不禁在心中偷偷笑了。

"而且，他还看不起夏洛克·福尔摩斯啊。阿福你一点都不觉得火大吗？"

她的语气很强烈。但是里志耸了耸肩，不以为然地说道：

"不觉得。"

"为什么啊！"

"因为夏洛克·福尔摩斯从某种意义上来说，确实是悬疑初学者的读物。本乡学姐想学习悬疑的时候，首先就想到了福尔摩斯，我也觉得她这个想法很像初学者呀。摩耶花你明明也是这么觉得，没

愚者的片尾
Why didnt she ask EBA?

什么好生气的嘛。"

他拍了拍伊原的肩膀。我觉得伊原生气的点在于羽场的傲慢,并不是因为羽场对福尔摩斯缺乏敬意而生气……算了,伊原发泄了一通之后似乎也消气了,就不需要我再多嘴了。

更重要的是眼前的问题。我坐到桌子上说道:

"那么,要怎么做?可以将羽场的方案上奏'女帝'陛下吗?"

包括翻着借来的《福尔摩斯》的千反田在内,三人的视线都集中在我的身上。

里志有些犹豫地回答道:

"嗯,这个嘛,应该可以吧。老实说,我并不觉得是个有趣的结论,但是既然本乡学姐要求他们准备坚固的绳子,那么基本上没错了吧?即使细节方面有差异,那也应该是虽不中亦不远的。"

紧接着,伊原也很干脆地点头表示同意。这有点出乎我的意料。

"我也觉得没什么特别的问题……没有明显的矛盾,作为录像电影的剧本也在不会让人觉得奇怪的范围之内,我不想为了反对而反对。"

赞成两票。那么第三票呢?

我看向千反田,她不知为何显得非常为难,一双大眼睛眼神游移不定。

"唔……"她张开嘴巴,支支吾吾的,半天说不出话来。

"怎么了,千反田?"

"呃……我实在是难以赞成。"

三 "不可见的入侵"

唔。

伊原拿出绝对不会对我展现的体贴态度问道：

"小千，为什么啊？"

千反田的表情变得越来越为难了。

"这个，我自己也不是很清楚。但是，我总觉得本乡学姐的本意应该不是那样的……啊啊，这样完全解释不清楚啊。尽管没有昨天中城学长的方案那么不合理，但是我就是有这样的感觉啦！"

正如她本人所说，根本就没解释清楚。既然她自己都不知道，那我也不可能知道。总之，千反田是反对。这时，千反田对我投来了哀求般的视线。喂，不要用那种眼神看我啦。

"折木同学你怎么看呢？折木同学你也觉得那个意见是正确的吗？"

唔，完全没想到我会处于这么受注目的状况啊。本来以为随便发表下看法就可以了。我坐在桌上晃动双脚，竭尽全力表现出从容不迫的态度，摇了摇头说道：

"不，我不这么想。"

伊原的质问马上向我袭来。

"为什么啊，折木？"

……双重标准。我一边感到悲伤，一边回答道：

"因为羽场的方案无法实行。如果现实中想在那个剧场里杀人的话，只要事先做好准备就可以采取那个方案。但是，在那部电影里是办不到的。"

愚者的片尾
Why didnt she ask EBA?

里志带着一如既往的笑容,催促我继续往下说。

"也就是说?"

"也就是说,会和已经拍摄好的影像产生矛盾。让我们将注意力从平面图上面移开,回想一下前天看的那部电影。上游的那扇窗户是怎样的情况?"

即使是没有特别留意的我,也记得相当清楚。只要有"将注意力从平面图上面移开"这个提示,他们三个应该能很快回想起来吧。

作为代表,里志点了点头。

"啊啊,原来是这样啊。问题在于那扇窗户。"

"没错。那扇窗户由于长久以来一直放置不管,所以非常不好打开。胜田学长站稳脚步用力地摇晃,还是很难打开。你们应该记得他好不容易打开时发出的沉重声响吧?窗户是关得相当紧的。

"如果要拍摄犯人从那扇窗户潜入的场景,那么为了不会踩踏杂草,鸿巢学姐必须维持吊在半空中的不稳定姿势,这样一来想要打开直开式的那扇窗户,是非常困难的。不仅要花费很多时间,而且还会发出很大的声响,甚至搞不好还可能会弄破玻璃。更重要的一点,在她做这些事情的时候,海藤学长难道会坐以待毙吗?这不可能吧。

"如果本乡没有去当地视察就写下那个剧本的话,那么不知道窗户状况的她就算采用那个方案也不奇怪。事实上,羽场正是因为没有看影片,只靠平面图进行推理,才会得出那个结论的。"

"啊啊,所以折木同学你才问羽场学长有没有看过那部电影

三 "不可见的入侵"

啊！"

千反田高声喊道。她听到了我和羽场的对话吗？千反田五感的灵敏程度总是会让我大吃一惊。

"没错，只要和影片内容进行对照，就能知道无法从空中潜入的。

"总之本乡去实际考察了那个剧场，然后写了剧本。中城是这样说的。如果本乡如羽场所说想使用那扇窗户的话，从入须形容的细心程度来想，她绝对不会在发现尸体的场景加入确认窗户坚固程度的镜头，并且也会让摄影组带上润滑油。本乡并没有在意窗户的难开程度。

"因此，我无法赞成羽场的方案，你们觉得如何？"

不须多问，一看就知道里志认为我的解释很恰当。伊原则是愤愤不已地说"早知道就不随便赞成了"。

"那么……"

我正要说话，从后面传来了一个声音。

"看来今天也成果不佳啊。"

我转过头去，看到江波神不知鬼不觉地站在了那里。

她真的希望事情得到解决吗？江波的语气平淡到让人不禁这么心生怀疑。

"那么就期待明天吧。我们会准备好第三个人的。"

"啊……那就麻烦你了。"

在江波连珠炮似的话语之间，千反田勉强插进一句问候。江波摇了摇头，然后若无其事地加了一句：

愚者的片尾
Why didnt she ask EBA?

"不过,明天就是最后的期限了。后天的傍晚之前如果得不到解决的话,剧本就赶不上了。"

今天是周三。这样啊,时间确实很赶。

江波突然舒缓了表情,对感到不安的我们深深地鞠了一躬。

"……我才是要麻烦你们多多费心了。"

四 「Bloody Beast」

愚者的片尾
Why didnt she ask EBA?

又过了一天。

最近天气都很好。今天全日本都很晴朗，这可是游玩的好时机啊。我难得在早上稍微看了一下电视，看到海边山上还有其他地方都挤满了珍惜夏日时光的游客。晒黑的肌肤！满溢的笑容！这才是假日啊！

我们则是围着教室角落的桌子召开会议。

其实两者我都不喜欢。如果非要进行选择的话，那么会议可能还要更适合我吧。当然，若能自由选择，那么我想在有冷气的咖啡店喝着热咖啡，度过悠闲的时间。这种时候的咖啡就要是酸味很重的黑咖啡。

"折木，你发什么呆啊？一定是在思考无聊的事情吧？"

真厉害。

我将意识拉回到会议上。议题不需多说，是关于《悬疑》（暂称）的结局。就算讨论这个，也没有人会指责我们逾越了观察员的权限。而且，我只是在默默地听着而已。这个时候，里志正好在对现状进行总结。

"……也就是说啊，羽场学长说的没错。那个密室实在是坚不可摧。想要解开双重密室不是那么简单的事情。特别是外侧的密室，感觉根本无从下手啊。"

里志说的外侧密室就是羽场昨天提到的第二密室。一楼的右侧

四　"Bloody Beast"

通道处于杉村的监视之下，没有人可以神不知鬼不觉地从那里入侵犯罪现场。

千反田柔弱地歪着头。

"解不开吗？为什么能说得这么肯定呢？"

"小千，这是因为……"

伊原接过了话头。

"如果存在羽场学长所说的第二密室，那么就必须拍出每个人的具体行动，并且还要附上相应的时间，这样才有办法让人下手。通过推测每个人在不同时间点的行动，计算出三十秒的死角这样的东西。但是，那部电影并没有这样的内容。影像太过简朴，反而找不出破绽来。"

"啊啊，我知道了。也就是说，无法确认是否存在杉村学长没有关注玄关大厅的瞬间吧？"

伊原点了点头，沉吟着说道：

"杉村学长能否避开濑之上学姐他们的视线也是同样的道理。所以，我认为本乡学姐并没有考虑到第二密室这种东西。那只是羽场学长想太多了，我们还是以'无论是谁都能进入右侧通道'为前提来思考会比较好吧。"

这样就等于是举白旗投降啊，伊原。虽然这样想会比较轻松。但是伊原马上浮现出自嘲的笑容，摆摆手推翻了自己的话。

"我也知道这样是不行的啦。电影中有从玄关大厅仰望杉村学长的镜头，那大概就是表示玄关大厅处于他的监视之下吧。"

愚者的片尾
Why didnt she ask EBA?

沉默降临。会议进入了死胡同。

千反田可能敏锐地察觉到会议陷入了僵局,她突然说道:

"啊,我都忘记了呢。"

她把手伸进挎包里面。

"这个请大家一起分掉吃了吧。"

拿出来的是装在漂亮盒子里面的糖果。根据盒子上的英文,应该是威士忌酒心巧克力。

"这是哪儿来的啊?"

伊原看着突然出现在桌子上的漂亮糖果,发出了有些愕然的声音。千反田微微一笑,说道:

"这是我们家在中元节光顾的点心店送来的试吃新产品。我家里的人不太喜欢吃甜食的……"

她打开了盒子,里面大概有二十颗颇大的威士忌酒心巧克力。

"既然白拿白吃,那就恭敬不如从命了。"

我拿起一颗巧克力,撕开包装纸,将巧克力糖扔进嘴里。咬破之后,杏仁和威士忌的浓香立刻涌入鼻腔。千反田凑过来询问道:

"好吃吗?"

"……酒味比较重。"

感觉会让人醉的啊。我基于礼貌又吃了一个,但是再多恐怕就不行了。

大家各自去拿巧克力的时候,我稍微思考了一下那个事件。

那个悬疑的最大问题就是情报非常有限。正如伊原所说,就是

四　"Bloody Beast"

因为不够细致，反而找不到破绽。而且，真的只能靠影像中的情报来进行破解吗？让人不禁想要回到最开始的地方重新再确认一遍。事实上，影片中并没有拍出会场入口大门被封锁、朝北的窗户被钉死这几点。不过既然被我们指出来了，后天（没错，是后天啊！）的最后拍摄之际应该会拍些画面来补充这些情报吧……

我突然想到中途退场的剧本家本乡真由。明明没有看过推理小说，却被要求写推理作品的剧本，而且还认真投入到胃痛、神经痛的地步。很能理解江波为什么会说她性格一本正经。不过她还真是可怜啊，尽管对剧本那么用心，拍摄组却丝毫不注重推理，拍出来的影片让人不禁怀疑"这个有办法破解吗"。如果知道这个事实，本乡会是怎样的心情呢？

应该会很不好受吧。

"……呼。"

我不自觉地叹了一口气。

这时，我发现自己眼前发生了一件非常不得了的事情。我的面前有两张威士忌酒心巧克力的包装纸，里志的面前也是两张，伊原的面前是一张。但是，千反田的面前却有整整六张。而且，千反田正要撕开第七张包装纸。我慌忙制止了她。

"别继续吃了，里面怎么说也是酒啊。"

听到我这么说，千反田目不转睛地盯着手掌上的第七颗巧克力，然后看了看丢在旁边的包装纸。我正在想她要怎么做，她就突然将第七颗放进嘴里。

愚者的片尾
Why didnt she ask EBA?

经过充分品尝并将巧克力吞下去之后,千反田说道:

"啊呀,我吃了这么多吗?味道有点奇怪呢,我就觉得很好奇,没想到是这样的东西啊。"

很好奇……

"小千,你没事吧?"

注意到情况的伊原关心地问道。千反田微笑着做出了回应。

"会有什么事啊?"

"可是你吃了那么多……"

"没事,没事……呵呵呵呵……"

喂喂,笑声和平时不一样了啊。

到了约定的时间,江波过来了。她依旧是表情冷淡地站在地学教室门口,微微皱起了眉头。

"这个气味……是酒吗?"

里志赶紧回答道:

"不是啦,是威士忌酒心巧克力。"

不知道这个解释有没有对江波起作用。不过不管怎样,她不再对酒精的气味感兴趣了,将手上拿着的一叠复印纸递给了我们。

"折木同学。"

啊啊,对哦。我站起来接过复印纸。那是我前天拜托江波帮忙弄过来的剧本,只要有了它,应该就能够了解本乡究竟用心到什么程度吧。

四 "Bloody Beast"

"我昨天就该拿来了。"

确实越早越好。我发现自己居然这么想,不禁露出了苦笑。我难道是打算主动解决这件事情吗?也许是因为连续击败了中城和羽场,让我稍微有点得意忘形了吧。

实在非做不可的话,那就尽快解决。我马上翻开剧本寻找前天有疑问的地方。剧本中是否有提到事件现场——上游周围的情况。不需要刻意寻找,我刚好翻到了那一页。

> 鸿巢:"办公室应该有万能钥匙。我去拿来。"
>
> 从这里到开锁为止,我认为用一个镜头拍到底会比较好。
> 打开门后,只要男生进入房间就好(女生请站在门附近)。
> 海藤倒在房间里面。一看就能知道,他的手臂受了很严重的伤。就算呼喊也得不到回应。
>
> 杉村:"海藤!"
>
> 男生们跑过去。
> 无论是谁先到都可以。
> 杉村扶起海藤,手上沾满了血。
>
> 杉村:"是血……"

愚者的片尾
Why didn't she ask EBA?

> 所有女生（惨叫）。
> 胜田："海藤！可恶，是谁干的?!"
>
> 胜田打开窗户（有些裂痕，要小心玻璃）。
> 窗外请拍得久一点。要注意这个时候窗外不能有任何脚印。
> 胜田接下来朝下游跑去。无论是经过舞台还是后台通道都可以，不过舞台上面有些木板已经腐烂了，请多留心脚下。

写得非常仔细。原来如此，全部剧本都是这样的话，那么确实是很耗费神经的。从"窗外不能有任何脚印"这个记述可以看出，正如中城所说，本乡来视察的时候杂草还没长那么高。在这一点上，中城的推理算是正确的吧。

就在我思考着这些的时候，千反田问了我一句。

"那是剧本吗？"

"是的。"

她笑逐颜开了。

"真好呀，我也想要。"

……这个醉鬼。本来的话，交给千反田是最轻松的选择，但是她现在的样子让我很不安，所以不能交给她。于是，我叫了一声里志。

"里志，你有没有打孔器和文件绳？"

里志板着脸回答道：

"哪有人会随身携带这些东西啊。"

四 "Bloody Beast"

"那订书机（Hotchkiss）*也可以。"

"这我倒是有，不过正确说法应该是订书机（Stapler）啦。"

他把手伸进束口袋，拿出了订书机。也很少有人会随身携带这种东西吧。我手脚利落地将剧本钉好。

"这个要怎么处置？"

"弄丢就不好了，总之你先保管吧。"

我听从伊原的建议，将剧本放到挎包里面。等我完成这一连串动作之后，江波说道：

"那么我们走吧。对方在二年C班等着。"

我们出了教室，这时音乐正好响起。今天是轻音乐社啊，这是……《The march of black queen》。每次总会刚好开始试奏，大概是因为我们约好的时间——下午一点是音乐系社团互相协调好的练习时间吧。因此听不到其他音乐系社团练习的声音。

伊原向走在前面的江波问道：

"今天是……"

"泽木口，泽木口美崎，是宣传组的成员，所以她基本没接触过拍摄。再加上影片还没有完成，宣传活动其实也还没有开始。"

这样根本不能算是相关人员吧，她能给出有用的建议吗？不过江波早已准备好要怎么回答这理所当然的疑问。

"但是，泽木口从初期阶段就参与了企划，是企划的重要成员。

---

* 日本最早进口的订书机是美国 E.H.Hotchkiss 的产品，所以 Hotchkiss 就成为了订书机的俗名。

愚者的片尾
Why didn't she ask EBA?

并且在确定方向性上也起到了关键的作用，说不定有什么好主意的。"

她稍微停顿了一会，进行了补充。

"至少入须是这么判断的。"

唔，初期工作人员啊。尽管江波表示她可能会有什么好主意，但我对此深感怀疑。基本上，企划方向性的确定实在是太随便了。不仅入须提到过了，从中城和羽场的意见中也能了解到，二年F班的录像带电影除了"悬疑"以外就没有其他比较好的方向性了。仅仅是参与了这种糟糕计划的制定过程，不能保证她有什么真才实学吧？我虽然是这么想的，不过并没有说出口。

我们在游廊上走着。突然，千反田突然大喊道：

"啊，我终于想起来了！"

"小千，你，你干吗突然大叫啊？"

由于伊原就在千反田的旁边，所以她不禁吓了一跳。不过千反田并没有理会伊原，开心地将双手握在胸前。

"说到泽木口同学，不就是画那幅画的人吗？我今天的记忆力不太好啊，居然没有马上想起来。"

什么，是千反田认识的人吗？江波转过头来，疑惑地歪着脑袋说道：

"画？泽木口是会偶尔画一下插图之类的东西。你是从哪儿知道的？"

千反田笑眯眯地回答道：

四　"Bloody Beast"

"是美术准备室。折木同学，你应该知道的吧？真是坏心眼，明明知道却不说出来。"

她纠缠上了我。这人醉酒后喜欢笑着纠缠人吗？还好性质并不恶劣。唔，她是说美术准备室吗？

我还在思索着，伊原就先一步回想起来了。

"啊啊，是借了那本怪书的其中一人吗？"

说怪书好像有点太过分了，不过听她这么一说，我也想起来了。今年春天，我解开了与绘画相关的小谜团，在那之中接触了一些女生的名字。泽木口就是其中的一人吧。

千反田的视线在半空中游走，应该是在进行回想吧。

"这样啊，是泽木口学姐哦。我记得她画了有点特别的画。"

我记不清楚画的内容，不过隶属漫画研究会并且对绘画也有兴趣的伊原点头表示同意。

"嗯，我也想起来了。不知道该说是拙劣还是极具个性，至少不是在学校美术课上会画的东西。"

"是抽象画一样的东西吗？"

尽管不了解具体情况，里志还是出言发问了。伊原稍微烦恼了一下。

"可能比较接近画技不好但很精彩的漫画吧。"

江波在不远处听着我们的对话，微微一笑。

"你们看过泽木口的画啊？那么见到她本人应该也不会觉得很突兀了。"

127

愚者的片尾
Why didnt she ask EBA?

这是什么意思啊?真会卖关子。

江波停下了脚步。我们已经到了二年C班教室的前面。

那名女生绑着发髻。不对,与其说是发髻,不如说是中式的包子头要更加贴切吧。她的脑后两侧各有一个裹着龙纹花布的发团。身上穿着无袖上衣和牛仔裤,皮肤晒得稍微有点黑。手上拿着一本杂志,那是……天文学的杂志。整体形象很不协调的女生注意到我们的到来,举起一只手笑着向我们打招呼。

"Ciao!"

听到意大利语的招呼声,千反田没有产生丝毫困惑,很有礼貌地向她行了一礼。

"你好,泽木口学姐。"

泽木口却重重地叹了一口气,用美国人一般的夸张反应无奈地摇了摇头。

"你真是一点都不懂,太外行了。既然我说了Ciao,那你也应该用Ciao来回应才行啊。不然怎么接得下去呢?好了,再来一次。Ciao!"

千反田瞄了一眼不知道该做何反应的我,泰然自若地说道:

"那真是对不起了,Ciao。"

这家伙果然醉得很厉害啊。换成平时的千反田,如果突然碰到莫名其妙的行为,那么她会陷入混乱,做出更加莫名其妙的行为。就在我这样想的时候,里志小声地对我说道:

四　"Bloody Beast"

"真是个怪人啊。"

"看来是这样。"

"没想到神山高中还有我不知道的怪人……"

他显得有些不甘心。看来物以类聚这句话也并不绝对啊。江波可能是听到了我们的对话，她浮现出有些为难的笑容。

至于泽木口，她似乎很满意千反田的反应，显得非常开心。

"感谢诸位远道而来，真是辛苦了。我是泽木口美崎。"

她自我介绍之后，江波指着我们说道：

"这些是古籍研究社的人。请手下留情哦，美崎。"

确实，如果她不手下留情的话，那我可跟不上啊。江波没有帮我们报上姓名，所以我们依次进行了自我介绍。泽木口似乎并没打算记住，只是随便听一下就算。当最后一个自我介绍的里志话音刚落，她就立刻说道：

"知道了，那你们就坐下来吧。"

"好的。"

我们刚拉开椅子准备坐下，江波就留下一句"那就麻烦你们了"离开了。

教室的门一关上，泽木口就打着响指开始切入话题了。

"你们是要协助我们的企划吧？那么，怎么样，其他人的方案是否可行呢？"

里志坦率地回答道：

"基本上没有可行的。"

愚者的片尾
Why didnt she ask EBA?

"你们都否决了吗?"

"算是这样吧。"

泽木口似乎对里志的回答很满意,"嗯嗯"地不住点头。

"这样才对嘛。学生就应该多吃苦才行。'追紧的连亲人'不懂得吃苦耐劳啊。"

由于她的发音像外国的机器人,所以我一时之间没听懂她说的是"最近的年轻人"。看来她很喜欢说一些毫无意义的话语啊,不过我不讨厌这种人就是了。

而里志则高兴得如获至宝一样。

"嗯嗯,是非常棘手的事件啊。既然要我们全力以赴来解决,那么如果连这点程度的挑战性都没有的话,就太没意思了。"

挑战性你个头啊。据我所知,里志有两个信条,一个是"玩笑仅限于即兴,如果留下祸根的话那就变成谎言了",另一个则是"数据库是无法给出结论的"。自命为数据库的里志明明不会主动去寻找解决方案,真亏他能这么大言不惭。

泽木口大笑。

"还真是可靠啊。你们既然是入须推荐的人选,那想必不会是寻常之辈吧。如果我也壮志未酬的话,后事能放心地交给你们处理吗?"

"嗯,包在我们身上。"

虽然这只是当场的口头约定,但是太过得意忘形的话,小心事后哭也来不及哦。

四 "Bloody Beast"

话说回来，泽木口的态度也相当随便啊。

"很好，就交给你们了。全面交给你们了。"

跟她混熟了的里志毫不客气地开始了闲扯。

"话说，泽木口学姐你也相当辛苦啊。宣传组的工作完全没有进展，果然作品没有完成是很麻烦的吧。"

"是啊。"

泽木口气呼呼地将双臂环抱在胸前。

"东西都没有，我们连宣传海报都没办法制作。不过，还是有办法对付过去的。"

"那么，最大的问题是什么呢？"

"这还用问吗？"

她重重地叹了一口气。

"标题啊，没有标题的话，我们根本无从下手。连题字都没办法题。他们本来是打算作品完成后再取标题的，所以问题还是作品没办法完成吧。"

说来也对。文化祭活动的宣传一般都是挂布或者海报，如果上面连标题都没有的话，那就太空泛了。

泽木口对里志笑了一下。

"所以，我们必须想办法了结掉剧本。在听我的意见之前，你们有什么问题要问吗？不管什么都可以，想问就尽管问吧。"

就算她说可以尽管问……她那过于高昂的兴致让我畏缩了，不过千反田却对此毫不在意。

愚者的片尾
Why didnt she ask EBA?

"那我就问啰。泽木口学姐参与了班级展览的方向性决策吗？"

泽木口露出了讶异的表情。

"嗯，算是参与过吧。"

"包括决定要拍摄录像带电影、内容定为悬疑、将剧本交给本乡学姐负责这一切吗？"

"是的。"

千反田探出上半身问道：

"能麻烦你说一下决议的过程吗？"

她在问些什么啊，这些跟整体没有任何关系吧？尽管她的脸色和语气都跟平时没什么两样，不过思考似乎是不太正常了。我不禁小声地劝说她：

"千反田，不要问些无聊的事情。"

于是，千反田转头看着我说道：

"可是我很好奇啊。"

然后就再次面朝泽木口了。这家伙完全失控了，好在泽木口并不在意，她笑着摆了摆手。

"如果要说参与的话，项目组的全部成员都参与了大部分的决策。这不是比喻，是事实。"

听到这个意外的回答，里志问道：

"这是什么意思？"

"没什么特别的意思。集团人员比较少的时候，直接民主制是最有效的方法，仅仅是这样而已。"

四 "Bloody Beast"

"……也就是说，全都是靠问卷调查来决定的吗？"

"……你真聪明啊。"

她随和地拍了拍里志的肩膀。

"数量是正义，最大多数的最大幸福就是我们的理想。虽然也并不是完全没有争论，不过基本上都是靠问卷调查来确定的。"

既然是这样，我有点怀疑无法接受最后决定的人应该为数不少才对。不过入须也说过了，他们的目标是完成二年F班的企划，那么也许对他们来说，不管做什么都是一样的吧。全部用问卷调查来决定从某种意义上来说可能是最为合理的做法吧。

千反田似乎是出于慎重起见，又问了一次：

"那么，让本乡学姐写剧本也是吗？"

泽木口稍微思考了一下，然后露出了苦笑。

"啊，不是的。因为只有本乡有这个能耐，所以并不需要进行信任投票。"

"那么是她毛遂自荐吗？"

"不，是别人推荐。我不记得具体是谁提议的了。"

听到她的回答，千反田突然难过地皱起了眉头。至少看在我的眼里是这样的，我不知道理由为何。千反田对于这件事情究竟抱有怎样的感情，我也完全无从得知。

泽木口似乎是突然想到了什么，她从自己的脚边拉出某个东西。那是一个和尚袋。和尚袋、束口袋、怪人带的东西也同样很奇怪啊。泽木口把手伸进和尚袋，拿出了一本大学笔记本。

愚者的片尾
Why didn't she ask EBA?

"怎么，你们对我们的决策过程很感兴趣吗？那么……我不知道对你们有没有帮助，想看就拿去看吧。"

千反田翻开了她丢过来的笔记本。里面罗列着数字和文字，我刚开始没搞明白那到底是什么东西。

No.4　要做什么？

·绘画展……1

·话剧……5

·鬼屋……8

·录像带电影……10

决定拍电影

No.5　拍什么样的电影？

·大河历史……1

·无厘头搞笑……8

·闹剧……3

·悬疑……9

·硬派动作片……2

·空白票……1

决定拍悬疑

四　"Bloody Beast"

继续翻下去，上面还记载着相当琐碎的细节。

No.31　用什么凶器？

・小刀（刺杀）……10

・铁锤（打死）……3

・绳子（绞杀）……8

・其他

　泼油烧死……1

　从高处推落……2

推荐用小刀（不过是否采用由本乡来决定）

No.32　死者人数是多少？

・一人……6

・两人……10

・三人……3

・更多

　四人……1

　全灭……2

　一百人左右……1

・无效票……1

135

愚者的片尾
Why didnt she ask EBA?

> 推荐死两个人（不过是否采用由本乡来决定）

我看了好一会才明白这是问卷调查的统计结果。几乎与我同时领悟的伊原抬眼看向泽木口，问道：

"这本笔记本能借给我们吗？看起来好像是很重要的东西啊。"

"没关系，反正都是些已经决定好的事情。"

先不说可不可以借过来，这种东西借来能有什么用啊？这才是我最坦率的感想。入须只是拜托我们帮忙判断解谜方案是否可行，影片的制作过程根本就无关紧要吧。千反田到底在想些什么……这才是最大的谜团。

也许单纯是因为她醉了的关系吧。千反田合上笔记本，小心翼翼地放到自己面前，然后，她继续询问道：

"既然学姐你让我们尽管问，那么我可以再问一个问题吗？"

"请问。"

"泽木口学姐你和本乡学姐关系好吗？"

我好像在哪里听到过这个问题。对了，她应该问过江波相同的问题。

泽木口有些困惑地回答道：

"唔，就是同班同学的关系吧。"

从我们得到的信息可以判断出本乡真由大致的人际关系。至少跟眼前这个被里志评为怪人的泽木口是合不来的，这不难想象。

四 "Bloody Beast"

千反田非常遗憾地低下了头。

"这样啊……"

"没有其他问题了吗?"

泽木口向我们问道。我是没有的,其他人似乎也差不多。看到我们的反应,泽木口微微探出身来,准备进入正题了。

"好了,那么就麻烦你们听一下我的看法吧。如果敢说不行的话……你们知道会有怎样的下场吧?"

泽木口露出了恶作剧般的笑容。

"虽然说是要找犯人,但是我很怀疑那部片子的本意究竟是不是找犯人。"

她以此作为开场白,笑意盈盈地看着我们。或许正如她所料,我们完全不明白她的意思。

伊原询问道:

"……这是什么意思啊?"

"嗯。这是文化祭的展览品嘛,那么肯定要搞得越盛大越好吧?只死一个人就结束的话,那也太没趣了吧?

"羽场那个傻瓜一口咬定是什么'蒸桶牌腿力(正统派推理)',但是啊,说到悬疑,我则是会想到完全不同的东西。本乡大概也是如此吧。所以,那部电影之后的剧情才是高潮部分。"

完全不同的东西?

那是什么啊?在我们提问之前,泽木口抢先发问了。

愚者的片尾
Why didnt she ask EBA?

"喂,你啊。"

她叫的是我。

"说到悬疑,你会想到什么呢?"

她突然这样发问,我一时之间也反应不过来。对我来说的代表性悬疑作品吗?就算我举出第一时间想到的书名,泽木口大概也不知道是什么吧,所以我选择了比较有名的作品。

"《东方快车谋杀案》这类的吗?"

但是泽木口似乎对这个答案不满意,她皱起眉头说道:

"太特殊了。"

我忍不住回嘴:

"这本书的知名度很高呀。"

泽木口摆了摆食指,嘴里啧啧作响。

"我的意思是说,会选择'推理小说'就显得太特殊了。你没有意识到吗?一般走进录像出租店寻找'悬疑'的话,最先出来的会是什么呢?"

我完全听不懂泽木口在说些什么。左右张望了一下,其他人也是一副丈二和尚摸不着头脑的样子。

泽木口焦躁地提高声调。

"问卷调查的悬疑第一名,没有人会想到选推理作品的。为什么你们就不明白啊?说到悬疑,一般会最先想到《十三号星期五》或者《半夜鬼上床》这些才对吧!"

这样啊,原来这才是正常人的想法啊。对不起,我错了。

四　"Bloody Beast"

……才怪！

不管怎么说，那些都不能算是悬疑吧。泽木口列举的作品都是怪物滥杀无辜的类型……也就是恐怖片。根本不能算是悬疑。

但是出乎意料的，居然有人同意泽木口的主张。是里志。他频频点头，感慨地说道：

"啊啊，这确实是一个盲点。"

他在配合泽木口开玩笑吗？正希望他能分清时间和场合啊。我出言制止里志的玩笑：

"喂，里志，你不是认真的吧？"

只要我这样说，以"玩笑仅限于即兴，如果留下祸根的话那就变成谎言了"为信条的里志就必定会承认自己是开玩笑。不过，他的回答让我大吃了一惊。

"为什么这么问啊？"

这么说来，他是认真的？

"你真的认为《十三号星期五》是悬疑吗？"

"我不这么认为。但是，就算有人把《十三号星期五》当成悬疑作品，那也没有什么好奇怪的。"

伊原看着他的侧脸，说道：

"阿福，你解释得清楚一些啊。"

里志点点头，咳嗽了一下，回答道：

"嗯，问题在于悬疑这个词语的便利性。这个词确实是用来指侦探小说……怎么称呼都无所谓啦，总之就是有犯人和侦探的故事。

愚者的片尾
Why didnt she ask EBA?

但是另一方面,也包括了所有惊悚题材。根据情况,有时候像《十三号星期五》这种恐怖片也可以包含在里面的。"

伊原显得有些难以接受。里志稍微放松了一下表情。

"伊原,你经常去书店的吗?"

"唔,去是会去,不过不能算是经常。"

"你去找找看有悬疑这类关键词的杂志吧。漫画杂志也没关系。这样一来,你就能理解我的意思了。或者看一下'夏季悬疑书展'这类活动中出现的作品,你就会知道并不是只有侦探小说是算在悬疑里面的。"

唔……

和伊原一样,我也很难接受这个说法。不过我能理解里志想要表达的意思。在各种媒体中看到"悬疑"这个词的时候,不少都是使用滴血的字体写成。我认为推理小说并不是只为了流血惨案而存在的,那么如果说滴血字体并不是只代表推理小说也是很合理的。尽管如此,我还是不认为这种想法很普通。泽木口美崎的想法非常具有独创性啊。

算了,最主要的问题是她这个想法跟这次的事情有什么关系。

得到里志的援护,泽木口挺起胸膛说道:

"就是这么一回事。话说,你们似乎很擅长推理是吧?所以在认知上才会有所偏差。总之,你们现在知道那部电影接下来要怎么发展了吧?没有任何人能进入海藤死掉的房间,那么肯定存在第七个人。而且,除了那六个人之外,本乡还一直打听有没有其他人可

四　"Bloody Beast"

以参与演出的。"

这我还是第一次听说。泽木口的结论莫非是……她非常开心地说出了自己的推测。

"大家越来越疑神疑鬼，不肯相信彼此，这时就轮到怪物登场了。我不清楚原本的预定是要杀死多少人，不过全灭应该不太好吧。所以就留下一对情侣，其他人全部杀光光，这样就好了。最后的场面是情侣打倒怪物，在朝阳的照耀下接吻。标题也按照那个方向来取，稍微做作一点……英语比较好……对了，比如"Bloody Beast"之类的。这样会不会反而显得很锉啊？"

我在内心不停重复着"不会吧"，但是泽木口看起来一点都不像是在开玩笑的样子，甚至还追加了一句"这样大家就能接受了吧"。看来她真的认为恐怖片是正确答案，而且坚信自己的价值观是最普遍的，完全听不进其他意见。

无法掩饰困惑的伊原进行了反驳。

"可、可是学姐，密室要怎么办啊？门不是上锁了吗？"

泽木口满不在乎地回答道：

"上锁有什么大不了的啊。"

"……"

"既然是怪物，那么穿墙应该是小菜一碟吧。如果不行的话——对了，也有可能是怨灵。嗯，这个可能性要更大。超自然题材也很不错呢。"

原、原来如此。

愚者的片尾
Why didnt she ask EBA?

……真是完美无缺的解答啊,我甚至产生了某种感动。我们这四天来一直苦恼不已的问题,尤其是密室问题,就被她轻轻松松地解决了。"上锁有什么大不了的啊"——这真是至理名言。

尽管伊原、千反田和里志似乎都还有话想说,但是我什么都不想问了。泽木口的推论实在是太精彩了,我的灵魂都被她给勾走了。

上锁有什么大不了啊!

我们回到了地学教室。

千反田首先对泽木口的方案表示了反对。

"不对,绝对不对。泽木口学姐的方案绝对不是本乡学姐的本意!"

"当然了。那个人是认真的吗?我都搞不清她到底有几成是在开玩笑。"

伊原也对千反田表示了同意。

由于她们俩对泽木口的方案表现出强烈的反对,里志似乎是产生恶作剧心理了吧,故意找茬说:

"那么,你们来否定看看呀。"

接着他面带柔和的微笑,进行了补充。

"……要从理论方面哦。"

里志这个家伙有时候还真是坏心眼啊。伊原噤口不言。这也难怪,泽木口的方案等于是放弃解决。密室、不在场证明、凶器等诸多问题……全部被"犯人是恶灵,能够靠超自然力量来做到"这个

四 "Bloody Beast"

论点证明完毕。简直是完美无瑕。

面对令人绝望的完美,千反田还是不肯屈服。

"可是,她确实错了啊。"

"我说了要从理论方面。"

"她错了,绝对错了,因为……啊!"

千反田似乎想到了什么。

不对,她突然摇摇晃晃,朦胧的眼神不知投向何方,嘴里喃喃地说道:

"就像万花筒一样。"

万花筒?

……这时,我发觉千反田的脸色很苍白。尽管她的肌肤本来就很白,但这明显不太对劲。我问了她一声"你没事吧",不过看起来我是多此一问了。

千反田摇晃着上半身,"啪嗒"一声趴在了桌子上。

"喂,小千!"

伊原靠过去想要扶起她,但是无济于事。过了一会,传来了轻轻的鼻息。看来她是醉倒了,如果偷看她的睡相那就太没品了吧。不过,就算包的是烈酒,也不至于只吃七颗威士忌酒心巧克力就醉倒吧……算了,就让她好好睡一觉。

我和里志对视了一眼,他朝我耸了耸肩膀。我并不是打算帮阵亡的千反田报仇,但还是开口说道:

"那么里志,你自己又是如何?打算接受泽木口的方案吗?"

愚者的片尾
Why didnt she ask EBA?

里志依旧面带微笑,缓缓地摇了摇头。

"虽然我很中意她的大胆和思考的灵活性,不过还是很难让人信服。当然,我也没有可以做出否定的根据就是了。"

这样啊,里志也是站在反对这一边呢。

我笑了。

"那还真是遗憾。其实我也蛮中意那个想法的。"

"是吧?那可是一口气将所有问题解决掉的出名方案啊。该说是一网打尽还是一气呵成呢,也难怪奉太郎会中意啦。"

"算是吧。不过,那个方案倒也不是完全没有矛盾。"

我随口的发言吸引了伊原的注意力。

"你能否定那个方案吗?"

她大声问道。

不清楚是不是算矛盾了,反正内容不长,就说一下吧。

"只要回想起羽场昨天说过的那些话,就能知道泽木口的方案不是正确答案。其实也没什么大不了的。

"本乡还没写完剧本就病倒了,如果她打算将后半写成血腥的灵异恐怖片,那么应该会提前准备需要的小道具吧。但是实际上如何呢?她完全没有准备最需要的东西吧。"

"最需要的东西?"

伊原讶异地嘟囔道。里志也疑惑地歪着脑袋。

"就是羽场抱怨过的那个啊。"

听到这个提示,伊原似乎终于想到了。她发出"啊"的声音,

四 "Bloody Beast"

看着我说道：

"我知道了……是血浆吧。"

"没错。本乡指示的血浆分量连杀死海藤一个人都嫌不够。虽然羽场说本乡做事有点起伏不定，但是不管怎么样，如果要拍摄大量杀人场面的话，是不可能准备那么少血浆的。因此，本乡并没打算进行大量杀人。血浆只是其中一点，而且她也没准备凶器和特殊化妆，所以不可能会突然转变成血腥灵异恐怖片的。泽木口自己也说了……"

里志接着我的话说道：

"只有一名死者的话，作为恐怖片就太没趣了。"

我点了点头。

泽木口也许是很认真地想出了那个方案。尽管有些太过一意孤行，在旁人看来可能会觉得她是在胡来。她给出的猜测在某种程度上也算是合乎道理，并非无法做到。但是由于宣传组几乎没有工作，所以泽木口基本不了解其他小组的工作情况。这就是她犯下错误的根源所在。

伊原不知为何一脸无趣地嘟囔道：

"嘿，不管什么事情都是有理由的啊。"

真是一句深奥的话啊。我不禁这样想道。

里志和伊原都没有提出任何反驳。我们顺理成章地否定了泽木口的方案。这样一来，三名侦探志愿者的方案全部被否决了……

鼻息传入我的耳中。千反田还没有要醒过来的迹象。

五

很有味道

愚者的片尾
Why didnt she ask EBA?

结束了和泽木口的碰面,我本来以为江波会过来找我们,但是却迟迟不见她的踪影。如果我们不能报告是否要采用泽木口的方案,那么他们应该会很伤脑筋的吧。她到底是在干什么啊?太阳已经开始落山,精力旺盛的神高学生也纷纷踏上归途。于是,我们也离开了社团活动室。至于联络方面,反正千反田和入须认识,办法总是会有的。

千反田醒过来之后,发现自己醉倒了这个事实,不禁羞红了脸。话说,她的酒意并没有彻底消退吧,在往校门口走的途中,她时不时会摇晃一下,让人担心她是否能够平安回家。

千反田和伊原结伴率先走出了校舍,我和里志则是大致顺路的。刚出校门,里志一边甩着束口袋,一边轻声说道:

"结果全部否决了啊。那部录像带电影会怎样收场呢?"

这是明摆着的事情。这三天没能发现通往正确答案的路线。

那么就没法完成吧。

听到我这么回答,面带微笑的里志微微皱起了眉头。

"那真是伤感啊。好比'往日兵燹之地,今朝绿草如茵'。不对,应该是'大阪巍巍气势盛,亦如歌中虚幻姿'吧?等到千反田同学清醒过来,估计又会有一场麻烦。"

"你又如何呢?"

"我?别看我这样,我可是很忙的哦,没必要为其他班级的事

五 很有味道

情耗费自己的精力。"

我们混在稀稀拉拉的离校学生之中，踏上了回家的道路。天色已近黄昏，残暑渐渐消散，吹来的风不仅凉快，甚至有点冷。夏天即将离去。

到了第一个十字路口，里志指着与平时不同的方向说道：

"我有点事情要去那边，再见啦。"

说完，他就快步离去。

于是我一个人优哉游哉地往家里走。

没错。那部录像带电影一定无法完成吧……我回想着这四天来邂逅的二年F班学生。

将想要完成电影的热情作为武器，在解谜这个不擅长的领域中进行挑战的中城。

对于悬疑有着绝对的自信与自负，认为依靠自己的知识一定能够找出正确答案来的羽场。

由于一意孤行，自以为这样才是理所当然的选择，结果得不到广泛认同的泽木口。

他们都以自己的方式在努力。即使带有轻率、傲慢或者粗心这些缺点，想要完成班级企划的心意却是毫无虚假的。但是，负责裁决的我们将他们的方案全部否决了。因为那些方案全都是错误的。

算了，这也是没办法的事情。尽管觉得有些过意不去，但是这并不是我们的错。即使内心感到挺不是滋味，我的性格也没有好到会愿意去背负隔岸之火。所以我一开始就说了，不想和这种事情扯

愚者的片尾
Why didn't she ask EBA?

上关系。

道路通往人烟稀少的住宅区,马上就能看到我的家了。回去睡觉吧。里志说的没错,我也没理由为其他班级的事情而烦恼。那部录像带电影之所以无法完成,责任都在于工作人员缺乏计划性,本来就应该让他们自己全权负责。我调整好下滑的挎包,伸了下懒腰,稍微仰望了一下天空。

当我将视线移回到前方的时候,发现有人在前面等着我。

在路边的"停止"路标下面,身穿学校制服的入须冬实在等着我。入须看到我发现了她,就走过来对我说道:

"能赏脸跟我喝杯茶吗?"

真不可思议,我老老实实地点头同意了。

我跟着入须走过一条陌生的道路,来到河边的小道。这种地方会有咖啡店吗?就在我这样想的时候,马上看到了低调地挂在店家门口的红豆色布帘和电灯泡灯笼。高雅的装潢看起来一点都不像是高中生回家途中会去的地方,不过入须毫不在意地掀开布帘,拉开了拉门。她回头看向犹豫不决的我,招手让我进去。进入店内的时候,我看到在布帘的一角用非常优雅的字体写着小小的店名"一二三"。

店内飘荡着榻榻米的蔺草和茶叶的芳香,显得非常有品位。没有柜台,所有座位都是包厢,当然全部都铺了榻榻米。入须拉平制服裙子的裙摆,姿势优雅地跪坐。一名身穿围裙的服务员马上走了过来,入须点了一杯抹茶。

五　很有味道

"你要什么？"

"……"

"怎么了？"

"没什么，我只是没想到你说喝茶居然是真的茶。唔，那么，我要玉露冷泡茶。"

我随随便便点了菜单上最上方的东西，入须不禁露出了苦笑。

"虽然我是打算请客的，不过你还真不客气啊。算了，无所谓啦。"

听到她这么说，我仔细地看了一下菜单，不由得大吃一惊。那种茶的价格居然比一般的晚餐还要贵。

入须邀请我的理由很明显，不过她一直沉默不语，并没有切入正题，所以我很不自在地一再拿起凉水来喝。

入须坦然自若地等待着。

没过多久，抹茶、玉露冷泡茶还有我们各自的茶点都被整整齐齐地摆在了桌上。入须喝了一口抹茶，总算是开口了。

"中城不行吗？"

我点了点头。

"羽场也一样？"

"是的。"

她停顿了一会。

"那么，泽木口又如何呢？"

这不是我们的错。

"……还是不行。"

愚者的片尾
Why didn't she ask EBA?

　　入须目不转睛地盯着我的眼睛。时间非常"漫长"——我约有半秒被入须的视线盯得动弹不得。

　　入须吐了一口气。

　　"这样啊。"

　　"非常遗憾。"

　　我回答完之后，喝了一口玉露冷泡茶。真是物有所值，那是我没有体验过的美味……虽然我很想这么说，但事实上却是食不甘味。入须并没有在责备我，语气也一点都不粗暴……说不定我只是跟她很合不来吧。

　　入须垂落视线盯着茶杯，微微翘起嘴角说道：

　　"遗憾？你这句话还真奇怪。感到遗憾的应该是我和我的朋友们，而不是你吧？"

　　入须说的没错，这应该是我这三天来的基本态度才对……为什么我会自然而然地说出遗憾这个词呢？

　　我还没想到理由就回答道：

　　"不，确实很遗憾。我觉得如果能完成的话，那就好了。"

　　入须露出了比刚才更为柔和的微笑。

　　"没想到我们会被你同情啊。"

　　"大概是感情投射吧。"

　　我拿竹签戳了一块最中[*]放进嘴里。味道很甜，我喝了一口玉露冷泡茶，甜味马上就被冲淡了。

---

[*] 一种日式脆皮夹心糕点。

五　很有味道

入须平静地询问道：

"我希望你能告诉我，是谁否定了中城的方案。"

我犹豫了一下，不知道该怎么回答。但是从入须的表情来看，她应该是明知故问，所以刻意隐瞒也是毫无意义的。

"……是我。"

"那么，羽场和泽木口也是被你否定的吗？"

"是的。"

"他们的问题出在哪里？"

我如实地回答，包括关于杂草的视察、其他角色的视线、第一密室、第二密室、使用登山绳从窗户潜入、窗户很难打开、悬疑的广泛性、本乡的指示……我平淡地说出了这三天的要点。入须则是在默默地侧耳倾听。她时不时会喝一口抹茶，我无法从她的表情看出她究竟是带着怎样的想法在听我说话的。

"所以，我们认为泽木口学姐的方案也无法采用。"

说完之后，我喝干了还剩下一半的茶。

"这样啊。"入须只是这样应了一声，便沉默不语了。

过了一会，入须才抚着茶杯说道：

"我一开始让你们帮忙解决事件的时候，你说了不想承担莫名的期待吧。但是这三天来，你完成了超越我期待的工作。你将中城等人的方案尽数埋葬……正如我内心所预料的那样。"

内心已经预料到这种情况？认为他们都无法得出正确答案？

我感觉到自己的目光变得锐利，但是入须没有产生一丝一毫的

愚者的片尾
Why didnt she ask EBA?

动摇。她既没有回瞪我,也没有移开视线,只是非常自然地继续说道:

"他们说到底不是这块料。不管多么努力,他们都不具备解决那个问题的能力,这我一开始就知道了。

"当然,我并不是说他们无能。中城作为带头人,羽场作为在野党,泽木口作为小丑,都具备了非常难得的技能。他们都是很有能耐的人,尽管如此,并不代表他们能在这次的难关派上用场。这是我的看法。

"如果没有你的话,那么我们就可能采用他们其中某个人的方案,直到实际拍摄时才发现问题所在,导致企划以最糟糕的形式失败吧。"

她真是冷静而透彻啊。甚至到了冷酷无情的地步。

入须真的对他们没有抱以任何期待。

那么她真正期待的是谁呢?入须放开茶杯正襟危坐。在她那笔直视线的前方,毫无疑问就只有我而已。入须不是要笼络我,而是想打倒我。我突然涌现出这样的想法。

"我认为,你在这三天证明了自己的技术。如果说侦探是评论家,那么既然你能够深入分析其他侦探的成果,就应该能够担任侦探。我确信自己没有胡乱期待。你很特别。

"所以,我想再次拜托你,折木。请你帮帮二年F班。我希望你能找出那部录像带电影的正确答案。"

入须刚说完,就向我低下了头。

我盯着她,有如在看一旦打坏就会毁灭自己人生的昂贵美术品,

五　很有味道

各种各样的事情在我的脑内形成了旋涡。我的技术，不是他们而是我。我是特别的。她在恳求我。

但是我真的值得信赖吗？长久以来，我一直认为自己是没有特殊能力的普通人。即使我能先于里志他们解决掉千反田带来的麻烦事，那也纯粹是因为运气好。从本质上来说，我和他们没有任何区别。然而，入须却说这是不对的。她的话语拥有着如同威胁一般的力量，深深地撼动了我。

技术吗？尽管入须一再保证，但是我自己哪怕是一瞬间，都从来不认为自己身上存在着这样的东西……

入须耐心地等待着不知该如何回答的我，她缓和了表情。

"我并没有要求你承担责任啊……真是不干不脆。"

"……"

"那么，我再跟你说件事情吧。你不需要想得太严肃，当成闲聊来听就好。

"在某个体育俱乐部里，有一名替补选手。替补拼命努力想要成为正选。她非常非常努力。她为什么能够忍耐这种辛苦呢？因为她热爱这项运动，同时也心怀想要借此成名的小小野心。

"但是，过了几年，那名替补还是没能成为正选。因为那个俱乐部有很多能力出众的人才，大家的水平都要比那名替补高很多。很单纯的理由。

"在那里面，有个能力超群、拥有天生才能的选手。在所有人当中，她也可谓是别具一格。理所当然，替补与她完全是天壤之别。

愚者的片尾
Why didnt she ask EBA?

她在某个大会上取得了优异的成绩，被选为整个大会的MVP。记者采访她时问道：'你表现得非常精彩，请问有什么秘诀吗？'对此，她回答道：

"'我只是运气比较好而已。'

"我觉得这个回答对于替补选手来说实在是太讽刺了，你认为呢？"

入须再次正面朝向我。我感到非常口渴，但是很不巧，茶杯里已经没有茶了。于是我伸手去拿只剩一点凉水的水杯。

就在这时，入须轻轻地吐出了一句话，仿佛脱下了平时穿在身上的女帝外衣一般。那句话应该不是对我说的吧……我听见的是：

"任何人都应该有所自觉，不然的话……在旁边看的人就显得太可悲了。"

流入喉咙的凉水让我浑身冰凉。

我并没有受到自卑感的谴责，只是客观地看待自己而已。

但是入须一而再、再而三地高声主张我对自己的评价有误。里志、千反田也是，甚至连伊原也对我说过类似的话。我真的比他们更为客观地看待自己吗？

回想起来，我也认为自己比中城、羽场、泽木口要更加能干吧。

……要相信自己吗？

相信自己有那个价值吗？

我的想法渐渐地朝那个方向倾斜，但是我还需要花点时间才能说出口。在那之前，入须一句话也没说，只是在默默地等待着我。

六 『万人的死角』

愚者的片尾
Why didnt she ask EBA?

隔天早上，我确认录像带已经放入挎包，才走出家门。

昨天在茶店"一二三"，我经过一番思索，答应了入须会想出一个方案来。于是她就将事先准备好的录像带交给我，并这样说道：

"时间所剩无几了，我们就约在明天下午一点吧。地点由你来定，到时再将你准备好的结论告诉我。"

我本来想将碰面的场所选在自己的家或者经常去的咖啡店"菠萝三明治"，不过在思考了一会之后，就改成地学教室了。

我现在正赶往地学教室。时间是十点，还早得很。我走出住宅街，来到繁华区。在与车辆、人、自行车交错而过的这十五分钟里，我什么都没想，只是在脑内播放着自己喜欢的民谣，漫不经心地向前走而已。过了三天的时间，影片的细节部分基本上已经从我的大脑里消失了。现在思考这些实在是太没效率了。

从商店街店铺的间隔处能够瞥见神山高中。就在这时，有人在身后叫住了我。

"哟，奉太郎。"

真是个小镇子啊。我转过头去，看到里志站在那里。他穿着神山高中标准的夏季制服，跳下山地车，提着束口袋对我笑了一下。我轻轻举起手来代替了打招呼。

"今天也到学校去？"

看到我点了点头，里志不禁挑动了一下眉毛。

六　"万人的死角"

"真少见啊,奉太郎居然会在休息日主动去学校。有什么事吗?"

"没有事情的话,我就不能去学校吗?"

"我没这么说哦。只是,那不符合你的风格。肯定是有什么事吧。"

我闭上了嘴巴。虽然从来没有考虑过,不过贯彻节能主义的我具有怎样的行动模式,这说不定和以好奇心为行动基准的千反田一样很容易被看穿吧。

没有隐瞒的必要。不,我就是想让他们也帮我分担,才特地选择了地学教室。我说道:

"我接受了入须学姐的敕令,帮忙找出杀害海藤的凶手。"

听到这句话,里志僵硬了整整三秒钟。他应该是故意的吧。然后,他笑容满面地高声说道:

"嚯!真没想到啊!我还以为最不可能接受这个请求的人就是奉太郎你了。"

"折木奉太郎是个情深意重的人。"

"真是有趣的笑话啊,奉太郎。"

"我赶时间。"

我抛下里志向前走去。里志推着山地车,一路小跑追了上来,与我并排走着。人行道并不宽,我就向旁边靠了一点。

"你的心境变化还真惊人啊。不过,我倒是想过可能会变成这样的。要我猜猜原因吗?"

里志打趣着说道。我沉默不语。

"是因为千反田同学,没错吧?"

愚者的片尾
Why didnt she ask EBA?

他仿佛是在说一件理所当然的事情。当然，从过去几个月的实际案例来看，这是自然而然的结论。与古籍研究社相关的麻烦事情，全部都是由千反田所引发。当我处于事件中心的时候，都是被千反田强迫的。这就是至今为止的常见模式。在那么多事件中，只出现过一次例外。

这次则是第二次例外。我摇了摇头。

"不是。"

虽然确实是千反田将我牵扯进这件事情，但是我今天会去学校并不是因为她的请求。

听到意料之外的回答，里志微微皱起了眉头。

"不是因为千反田同学？那么是心血来潮、慈善精神……不，怎么可能呢。应该不需要我多说，奉太郎你没有必要去做这件事情吧。你的信条不是'如果可以不去做的话，那就不做'吗？"

当然，那是我原本的做事方针。所以，听到里志这么直接地说出来，我感到有些不快。于是，我口气很冲地回答道：

"为什么我非要向你交代清楚不可啊？"

里志耸了耸肩膀。

"没什么。既然你不想说，那么我就不问了。我不是那么不识趣的人。需要我向你道歉吗？"

我笑着否定了。

我们沉默地走了一段距离。里志可能是觉得没有什么可以聊的话题吧，就跨上山地车准备先走一步。我没有制止他的必要，但还

六 "万人的死角"

是出声叫了他一下。

"里志。"

"嗯?"

我虽然叫住了他,却没有特别想说的话。于是,我情不自禁地向他说出了困扰着自己的事情。

"……你觉得有什么事情是只有你才能做到的吗?"

这个问题实在是太暧昧不清了。里志歪着脑袋思索了一下,慎重地回答道:

"我不知道你为什么要问这个问题……不过纵贯古今未来,涵盖世界所有地区的人类,唯有我才能做到的事情应该最多只有一件吧。"

即使在这样的条件之下也有吗?

"那是?"

"还用问吗?当然是'留下福部里志的遗传基因'。"

里志说完就笑了。他并不是用玩笑来糊弄我,而是以自己的方式提醒我要界定清楚范围。

"是我不对。那我换个问法吧。"

我思考了一下。

"在神山高中里,你觉得自己在哪方面可以算是第一呢?"

他马上给出了回答。

"没有。"

过于快速且明确的回答让我不禁无话可说。里志一脸轻松地继

愚者的片尾
Why didnt she ask EBA?

续说道：

"我没跟你说过吗？我知道福部里志是没有才能的。比方说，我很向往Holmesist，但是，我无法成为Holmesist。因为我缺乏探究深邃知识迷宫的决心。如果摩耶花对福尔摩斯有兴趣的话，我可以向你保证，她只需要三个月就能超过我。站在各个领域的门口探头张望，在导游手册上盖上纪念章就可以了。这是我所能做到的极限：永远无法成为第一。"

我做梦也没想到会从里志那里听到这样的话。但是，里志本人却若无其事地说了出来，就像是在聊天气的话题一样。看到我失去了话语，里志浮现坏心眼的笑容说道：

"我知道奉太郎你会挑战电影之谜的理由了。"

"……"

"入须学姐认可了你作为'侦探'的素养吧。除了奉太郎之外就没有其他人能解开那个谜了，她是对你这样说的吧？然后你就燃起了干劲，对吧？"

真受不了这个心灵感应者。我点了点头。

"然而，你还是很担心吧。无法确定自己是否真的具有相应的素养——按照'女帝'的说法则是技术。"

"你从不怀疑自己吗？"

"算是吧……我先去做好放录像的准备。"

里志跳上山地车。眼看他就要踩着踏板离去了，我有一句话非要对他说不可。光是听他一个人说让我觉得很不舒服。

六　"万人的死角"

"里志。"

"啊啊。"

"我不知道你是怎么想的，但是我对你的评价相当高。只要你愿意，我觉得你随时都能够成为日本首屈一指的Holmesist。"

里志眨了眨眼睛。不过，他马上就恢复了自己的基本表情——微笑。里志转过头看着我说道：

"有很多东西比Holmesist更吸引我呢。而且……"

"？"

"……我觉得刚才那句话就可以回答你的问题。"

电影进入了高潮部分。

六个人各自拿走钥匙，分散在剧场里面。后面有悲惨的结局在等待着他们，大家会发现海藤那凄惨的尸体。

我用地学教室角落积满灰尘的电视观看着至今仍没有标题名的悬疑作品。画面中，大家发现了海藤的尸体。

坐在稍远处的伊原感慨地说道：

"海藤学长的手臂做得实在很精致啊。即使排除昏暗光线的加成，也看起来很像真人的手臂。"

看到我在暑假里居然会主动跑到学校来，伊原不禁大吃一惊。而当我宣布要挑战本乡设下的谜题，她更是瞠目结舌了。

不过，当伊原接受现状之后，就马上一针见血地指出真相，问我是不是受到人须学姐的哄骗。这家伙也是不容小觑啊。

愚者的片尾
Why didnt she ask EBA?

里志语带笑意地附加了一句：

"如果制作技术和演技也能有那个品质的话，那就好了。结果，最有能耐的是小道具组啊。"

我看着录像带，这是第二次。虽然现场调查是以一百次为基本单位的，但是我哪有那么多工夫。里志和伊原都很自然地陪我一起看，这让我非常感激。

跑到下游的胜田发现出入口完全被堵住了，不禁目瞪口呆了。

"怎么会这样……"

影像转暗。

录像带的内容到此结束。

勤劳的伊原马上站起来，走过去将录像带倒带。然后关掉了电视机的主电源。

我本来以为在录像带放完之前，千反田应该也会过来的。别看千反田那个样子，其实她拥有超群的观察力和记忆力。但是，她欠缺了对自己的观察与记忆进行正确分析的能力，这一点也是毫无疑问的。

不管怎样，我希望能够借助她的能力。然而，她却迟迟没有现身。我向伊原问道：

"伊原，你知道千反田怎么了吗？"

伊原一瞬间露出难以形容的表情。似乎是在忍住笑意，又像是心情有些不好的样子。

"小千一直躺在床上。"

六　"万人的死角"

"怎么了，夏季感冒复发了吗？"

"不是的。"

她停顿了一下。

"……是宿醉。"

……

"这还真是……少见的情况。"

里志不禁瞠目结舌了，我也点头表示同意。

"算了，总而言之……"

里志振奋了一下精神，靠在椅背上说道。

"像这样重新看了一遍，我还是不觉得内容有多复杂。尽管如此，却将三个人的意见给击沉了，这个录像带还真是不可小觑啊。"

我也深有同感。经过三天来的探讨，我很清楚想要解开本乡设计的谜题并不是一件容易的事情。但是实际上这影片却只会给人很轻率的印象。

"将复杂的内容表现得很简单，这应该很难做到吧。"

我自言自语地嘟囔着。伊原一听就露出嘲弄的表情看着我，挺起平坦的胸部说道：

"不是的。这部悬疑片并不是故意设计成很简单的样子。"

"嚯，那么是怎样？"

"我是这样认为的，这部电影作为影像来说很无聊，无法引起观众的兴趣，所以没办法将谜题给凸显出来。但如果制作水平和摄影技术达到一定水准的话，那么应该能够拍出更加有趣的密室悬疑

愚者的片尾
Why didn't she ask EBA?

作品来。"

是这样吗？我不认为技术的高低能够改变作品本身给人的印象啊。看到我有些难以同意，里志心领神会地笑了。

"真是慧眼啊。确实，我一开始也没能马上发现这是密室事件。如果在这方面能够表现得更加具体些就好了……话说，摄影技术也这么糟糕吗？"

伊原点了点头。

"很糟糕。"

"如果是摩耶花的话，会怎么拍呢？"

"如果是我的话？这个嘛……比方说最初拍摄出楢洼地区的那个场景。我觉得把镜头拉得更远一些，将登场人物和废墟一起拍进去会更有效。而且，唔，我一时之间也想不到太多了。大家结束分头行动重新集合到一起的时候，有杉村学长从用具室里探出头来的镜头吧。我觉得那个场景如果从杉村学长的视点来拍，更能够清楚表现出玄关大厅是处于他的监视之下。对了，同样的，只要用濑之上学姐的视点拍一个镜头，就能够表现出杉村学长的行动是处于濑之上学姐他们的监视之下。而且……"

伊原果然很喜欢推理和电影啊。还好里志笑着制止了她，不然的话，真不知道她要挑剔到什么时候。

我叹了一口气。

"现在批评影像的拙劣也无济于事啊。"

"没错。方法，方法，问题在于方法。让我们来探讨一下吧。

六 "万人的死角"

并非所有可能性都被推翻了。虽然时间所剩不多了,但我还是很期待啊。"

里志话音刚落,突然有人闯了进来。

有个我不认识的男生用力拉开了地学教室的门。从领口的徽章看来,他应该是一年级的学生。他看也不看我一眼,一发现自己要找的人就大声喊道:

"找到你了,福部!"

我看了看里志,他露出了非常苦涩的表情。我甚至听到了他咂舌的声音,不过他马上就恢复了微笑。

"哟,山内,远道而来真是辛苦了。如果要加入古籍研究社的话,我们很欢迎哦。"

名叫山内的男生非常明智,他没有理会里志的玩笑,快步走过来一把抓住里志的领口。

"喂,喂,不得无礼。"

"不得无礼你个头啊,我这是为你着想。尾道是认真的,你难道想留级吗?"

我对尾道这个姓有印象,他是以严格闻名的数学老师。原来如此啊。我盘起胳膊来,笑着对里志说道:

"里志,你就乖乖去接受补习吧。我早就告诫过你,考试之前再怎么说也要复习一下啊。"

里志已经被关心朋友的山内拖离座位。尽管如此,他还是没有改变自己的步调。

愚者的片尾
Why didn't she ask EBA?

"真是精彩啊,奉太郎!你就以这个状态将本乡学姐的谜题三两下解决掉吧。"

不了解情况的山内大喝一声:

"笨蛋,补习要开始了。快点!"

"不要!我还有那个密室,密室……"

里志留下惨叫,消失了。

啊,我该怎么说才好呢。简单一句话,那家伙真是个笨蛋……就在我这么想的时候,里志跑回来了。他从束口袋里面取出记事本塞给了我。

"真是遗憾啊,奉太郎。人生不如意事十之八九。既然这样,我只好将这个记事本托付给你了。汝当拜此记事本如拜吾前……再见!"

然后,他又跑掉了。Good Luck,祝愿里志能够升上二年级。

暴风雨过去之后,伊原也站了起来。

"我也要走了。"

"是吗?"

"你这是什么眼神?帮入须学姐那倒没什么,但我可没兴趣帮你……我要去图书室值班了。从十一点开始。如果早点知道这件事的话,那我还可以提前调班,都怪你做事太突然了。"

伊原不停地抱怨,拿起书包走出地学教室。她在门口处停下了脚步,转过头来有些不好意思地说道:

"不过……抱歉了,折木。"

六　"万人的死角"

我摆了摆手表示不在意。

于是，教室里就只剩下我一个人。我叹了一口气，伸了个懒腰。然后挠了挠头，环抱双臂闭上眼睛思考起来。

我慢慢地回想着刚刚看过的影像，还有到昨天为止的那三天里的对话……将所有相关内容连接起来。我一定可以……

……然后，我发觉自己得出了结论。

那是连我自己都有些难以置信的结论。为了确认自己是否正确，我验证了好几次。找不到任何缺陷。没有错，我没有弄错。

我嘟囔道：

"这就是本乡的本意。"

我看了一下手表。时间不知不觉已经超过了十二点很多，马上就要到约定的一点了。我从挎包里取出事先准备好的饭团，狼吞虎咽地吃下肚子。吃完姜味海瓜子饭团，喝了一口比昨天的玉露冷泡茶要逊色不少的罐装绿茶，这时传来了轻轻的敲门声。

"请进。"

进来的人自然是"女帝"入须冬实。她今天也是身穿制服。无论是便服还是制服，这个人都显得无懈可击。基于礼貌，我站起来请她坐到我前面的位置。看到入须坐下来之后，我也就坐了。

入须没有闲话家常，一上来就进入了正题。

"首先我要问你，得出结论了吗？"

我吞了一口唾沫，用点头代替了回答。入须微微挑动了一下眉

愚者的片尾
Why didnt she ask EBA?

毛，说道：

"……这样啊。"

她没有表现出特别的感情。这样的反应很符合他的风格。

"那么，就说来听听吧。"

"好的。"

我喝了一口桌上的绿茶，润湿了双唇。

我已经想好了要从哪里开始说。只要单刀直入就好。

"不需要多说，那个谜题的关键在于密室。没有人能进出海藤……海藤学长死去的房间。"

不知道是不是我的错觉，入须好像微微咧开嘴角。她自己似乎也注意到了这一点，掩饰般地说道：

"啊，你就按照自己的习惯来说吧。不需要勉强加上'学长'之类的敬称。"

真是感激不尽的许可。因为我思考的时候全都省去了敬称，口头讲述时再添加称谓那就太麻烦了。

我点了点头，毫无顾忌地切入核心。

"……我昨天也提到了密室的构造。请容我再次重复一遍。

"上游是密室。而且，唯一对外开放的窗户老旧到几乎不能使用，所以犯人只能从门进出。那么要怎么做？影片中并没有拍出那扇门是否存在设置物理性机关的余地。那么，就姑且认为犯人是使用办公室的那把万能钥匙来开门的。里志的话，应该会说这是奥卡姆剃刀吧。

六　"万人的死角"

"但是，犯人无法进入通往上游的唯一路线——右侧通道。因为玄关大厅处于杉村的监视之下。在那六个人里面，没有人能够做到从办公室拿走万能钥匙，并进入右侧通道。

"那么这样一来，要怎么办呢？"

讲到这里，我停了下来。立刻说出来那就太无趣了——我不否认自己确实有类似的想法。简单来说就是在卖关子。

"既然六人里面没有人可以成为犯人，那么结论只有一个……那个剧场里有第七人在场。"

这就是我的结论。

入须的眼睛变得严厉起来。她八成是觉得我在胡说八道吧。

"第七人？就像泽木口说的那样吗？"

"从某种特定的意义上来说，的确和泽木口的方案有那么一点相像。在得出这个结论的时候，我也觉得太过荒诞无稽了，但是泽木口说过本乡曾寻找过愿意扮演第七个登场人物的人。考虑到这点，我确信一定有第七个角色。"

入须默默地催促我继续往下说。她大概是觉得就算要反驳，也得先听我说完吧。对于我来说，这样也比较好说话。

"但是，本乡的那个剧本秉承了公平原则，无法认为凶手会是突然出现的怪物。说起来，我刚才重看录像带的时候发现影像中有一些奇妙之处。幸好，里志的记事本里都记录下来了。我就念给你听吧。

"……鸿巢发现了平面图。有光亮，应该是手电筒……

愚者的片尾
Why didnt she ask EBA?

"另一处，是去寻找海藤的时候。

"……通道很暗。光线不足。使用了手电筒……

"你觉得如何？"

入须马上做出了回答：

"你是说手电筒吗？"

"没错。"

我舔了舔嘴唇，这里很关键。

"另外，六名登场人物里没有任何一个人携带手电筒。在拿出手电筒来照明的那个场景后面，也就是大家进入案发现场的影像——通过这段影像就能看出他们都没有手电筒。当然，每个人都有足够的时间将手电筒藏起来，但是并没有理由这么做吧？"

入须的脸上浮现出疑惑的表情。我明白她对此有点不满，所以抢先说了出来。

"我知道。你是想说那是照明吧？总之请你先记住手电筒这件事情。"

我无法从入须的表情判断出她是否接受了我的说法。不管了，继续往下说。

"另一点。请不要介意，有个喜欢电影的家伙说那部电影很无趣，说导演和摄影技术都不好，这给了我一个提示。我并不经常看电影，但也觉得那影像很无聊。特别是分镜，一点都不讲究，虽然我也是听别人说了才注意到的。不过，如果有相应的理由呢？

"为什么会不讲究分镜呢？理由应该有很多种吧，但是最简单

六　"万人的死角"

的应该是摄影师的站位不好吧。摄影师总是和那六人站在同一个地方拍摄……我想你应该已经明白了吧？"

入须尽管依然泰然自若，但是我注意到她的眼睛稍微睁大了一些。真不愧是"女帝"，一下子就理解了。即使是入须冬实，也没能预料到吧。我推测出来的第七人，那就是——

"……你该不会说第七人是摄影师吧？"

我点了点头，同时清楚感觉到自己越来越起劲了。

"他们一共是七个人。七个人决定去楢洼，并且一同前往。画面里的六个人，再加上拿着手提摄像机进行摄影的那个人，一共七个人。请重新看一遍影片，你会发现到处有演员在意摄像镜头的场面。他们是注意着站在那里的摄影师。摄影师这个称呼不太妥当，就换成'第七人'吧。

"用手电筒进行照明的人也是第七人。那个照明实在是太刻意了，认为是在暗示在场的人里面有人携带手电筒那也没有任何不自然之处。而且如果他是演员之一的话，自然没办法从各个角度同时拍摄同个场景，就可以理解为什么分镜会那么糟糕了。"

我清楚感觉到自己的每一句话都勾起了入须极大的兴趣。

"接下来这点很重要，大家分散到剧场内部的时候，摄影机仍留在无人的大厅里。然后画面转黑，也就是说摄像机暂时关闭了。摄影师在大厅等待其他人回来。

"因此，犯案就很简单了。第七人等到大家分散到剧场各处，关闭手持的摄像机，迅速进入办公室拿到钥匙。杀死海藤之后，他

愚者的片尾
Why didnt she ask EBA?

用万能钥匙把房间锁上，然后回到大厅等待其他人回来。

"以上就是我的结论。如果本乡还没有选好第七人的演员的话，那么我建议你们还是快点去准备吧。"

一口气说完之后，我伸手拿起罐装绿茶。

这就是我的推理。

入须沉默不语，似乎是在思考我的方案。过了一会，她询问道：

"我有两个问题。

"第一个问题。假设是这样，可是剧中却没有人和第七人说过话，而且第七人自己也从来不说话，这难道不会不自然吗？"

我已经准备好了这个问题的答案。

"本乡可能就是将此作为他的犯罪动机。也就是说，第七人被其他六个人彻底无视了。因此，他也没办法主动开口说话。"

"另一个问题。这样的话，剧中的他们用不了多久就能发觉真相吧。第七人在大厅留到最后，并且最早回来，没有比他更可疑的人了。而且你说的'第二密室'并没有被打破啊。第七人的行动一定会暴露在众目睽睽之下。既然如此，那么就不存在任何谜题了吧。"

我别有深意地笑了。

"就让我借用一下泽木口的话吧……谜题有什么大不了的啊。"

"……"

"录像带电影的目的第一是工作人员的自我满足，那么第二就是娱乐观众吧。不需要让登场人物烦恼。我倒不是在学中城，不过只要让观众觉得有谜题就好，即使是登场人物一清二楚的事情也没

六　"万人的死角"

关系。你能接受这个想法吗……所以那个剧本里才会没有侦探角色吧。对于剧中的人物来说，犯人一目了然，根本就不需要推理。"

接着沉默持续了整整一分钟。入须默默不语，她垂下视线，没有看着眼前的我。想必这个大胆的意见让她产生了困惑吧。

不过我一点都不焦急。这个方案没问题的，无论入须想多久，结果也是显而易见的。

最后，入须轻声嘟囔道：

"恭喜你。"

"啥？"

她抬起头来，露出了灿烂无比的笑容。与之前的面无表情可谓是天壤之别。

"恭喜你，折木奉太郎，你解开了本乡的谜题。真是惊人的大胆想法啊，不过既然事实完全说得通，那么就表示你的想法是正确的。谢谢你。这下可以完成电影了。"

她向我伸出右手。

我有些不好意思。

握手。

入须一边用右手与我紧紧相握，一边用左手拍打着我的肩膀。

"我果然没有看走眼。你是有技术的，你拥有其他人所无法取代的能力。"

……是吗？

然后，入须笑容灿烂地说道：

愚者的片尾
Why didnt she ask EBA?

"怎么样,作为纪念,要不要为这部电影命名?"

标题吗?我完全没有想过。

不过,为了纪念我相信自己的力量这个百年不遇的行为,替电影命名感觉也挺不错的。我思考了一下,即兴发挥地说道:

"那么根据内容……就叫《万人的死角》吧,你觉得如何?"

"嗯。"

入须不住地点头。

"很不错的标题。就决定用这个了。"

于是,标题未定的录像带电影有了自己的标题,耗费我暑假四天时间的麻烦也得到了解决。尽管没有在物质上得到任何回报,不过我并不在意。

我担任了"侦探",这事实对我来说就已经足够了。

七
不去庆功宴

愚者的片尾
Why didnt she ask EBA?

一想到要叙述我接下来三天的心境，就有点提不起劲来。

先不论那三人是否适合当"侦探"，不管怎么说他们都不笨，结果他们无法达成的目的却被我这个外人给搞定了。我站在观察员这个有利的立场上面，从三人那里获取了情报，这是不争的事实，不过顺利解决那起事件还是让我更加相信入须所说的话。我开始对自己所具备的能力更有自觉了。如果说得稍微装腔作势一点，那就是我的身心沉浸于满足感之中，就如同威士忌酒心巧克力带来的醉意一般。

形容得含蓄一点，那就是新鲜的心境。

本乡的谜题在周五中午得到解决，到周六的晚上就完成了剧本（由于实在是太过紧急，接替剧本作者工作的一年级学生被搞得半死不活了。不过这件事情与我无关）。周日傍晚，二年F班的录像带电影总算是杀青了。从绝望状况的大逆转，真可谓是绝处逢生。礼数周到的入须在周日晚上打电话向我报告，我也诚心诚意地献上了祝贺。

事件解决三天后，也就是周一。神山高中的暑假结束了。

古籍研究社上个周末没有活动，所以我还没有机会将事件的经过告知千反田他们。放学后，我因为一些杂事拖延了一点时间，但还是决定去一下社团活动室。虽然感觉像是在炫耀自己的功绩，不

七　不去庆功宴

太符合我的个性，不过还是向他们说明一下进展情况会比较好吧。我一边这样想着，一边踏上了特别大楼的楼梯。我的脚步非常轻快，这一点我是不会否认的。

来到地学教室前面，我发觉有点不对劲。教室里面很暗，似乎是拉上了窗帘。他们莫非在里面……我静静地拉开了门，不出所料教室里的电视机果然被搬出来了，上面在放映录像带电影《万人的死角》。千反田、伊原、里志三人背对着我，聚精会神地看着电视屏幕。

我进来的时候已经播放到片尾字幕了。黑色的背景上流淌着黑体字的工作人员名字，显得非常单调。摄影昨天才结束，应该没时间进行编辑吧，我估计片尾字幕应该是事先制作好的。

伊原站起来准备去停掉录像带，这时她注意到了我。

"啊，折木。"

千反田和里志也转过头来。里志指着电视屏幕说道：

"哟，奉太郎，我们看了哦。"

"二年F班的电影吗？"

"是的。江波学姐刚才过来把这个给了我们，结果最终还是奉太郎解决掉了啊。"

里志脸上的笑容是他的一贯表情，所以我没法判断出他对电影内容是怎样的评价。因此，我就直接问了。

"你觉得如何啊？"

"唔，不坏。甚至可以说很有趣。没想到居然会是摄影师啊。"

伊原按住录像机的倒带键，有些不满地说道：

愚者的片尾
Why didnt she ask EBA?

"你之前就想出这个方案了吗？竟然一点都不透露给我们知道。"

"你们在场的时候我还没有想出来。吊人胃口可不是我的兴趣。"

我说着，将挎包放到旁边的桌子上，然后顺便坐了上去。

其实我有点错愕，因为他们的反应比我想象中的要平静。我很满意自己得出了这么一个非常意外的结论，所以内心某处似乎是在暗中期待他们也会大吃一惊。我还真是笨蛋，里志和伊原这两个家伙可谓是老油条了，哪会这么容易就吃惊啊。

那么，纯真的千反田又如何呢？

我和她对上了视线，千反田歪了一下她的小脑袋。

"折木同学。"

"嗯。"

"我真是大吃一惊啊。"

那是坦率的意见。

千反田把头摆正，将视线从我的身上转移到半空。过了一会，她有些慎重地继续说道：

"还有啊，我……"

这时，她似乎突然惊觉到什么，脸上浮现出暧昧的笑容。

"唔……还是晚点再说吧。"

真是奇妙的反应。该怎么解释才好呢？搞不清楚她到底是赞赏还是批判。

响起了拍手的声音，是里志。

七　不去庆功宴

"总之完成得很出色啊，奉太郎。电影完成了，'女帝'也很满意。而且这个意外性应该能吸引观众吧。折木奉太郎作为名侦探扬名神高的日子也不远了，让我们干杯庆祝成功吧。"

他从束口袋里面拿出四瓶养乐多。没想到那里面居然还放了这么乱七八糟的东西。看到里志想要营造出祝贺的气氛，伊原有些不愉快地制止了他：

"阿福，我们没时间再去搞其他班级的事情了。自从那场试映会之后，我们的《冰菓》完全没有进展啊。我今天一定要把页数给确定下来。阿福你当然将原稿完成了吧？我可是千叮咛万嘱咐过。"

里志的微笑瞬间冻结了，他将两瓶养乐多放到伊原面前。他难道以为这样就能收买伊原吗？不出所料，伊原根本没有理会他，自顾自地拉开了窗帘。二年F班的录像带电影事件到此为止，古籍研究社的活动重新回到制作文集的正轨上。

夕阳西下，文集《冰菓》的不知道第几次会议也结束了。我收拾着散乱的备忘纸条时，里志和千反田相继走出了地学教室。室内剩下了我和伊原这个少见的组合。

伊原将未经许可就搬出来使用的电视机放回到原来的位置，这时她好像突然想到了什么事情，对我说道：

"啊，对了，折木。我有点事情想问你。"

"如果是文集原稿的话，我下周的开头应该就能交给你了。"

伊原摇了摇头。

愚者的片尾
Why didnt she ask EBA?

"是关于那部录像带电影。片名叫什么来着……呃，万人什么什么的。"

我不太好意思说自己想出来的片名，所以就没有告诉她，只是催她说出下文：

"电影怎么了啊？"

"那个解决方案是折木你想出来的吧？"

我点了点头。

伊原不知道在想什么，她慎重地再问了一遍：

"全部都是？"

话说，我还没有看过完成版的影片啊，所以只能含糊地回答。

"大概吧。"

听到我的回答，她的眼神闪现锐利的光芒，然后语气也变得格外强烈。

"那么，你对于羽场学长提到过的那件事情是怎么想的？先不论诡计的有趣程度，在这点上我实在是难以释怀。"

也就是说影片中有让她无法接受的地方？我问道：

"羽场提到过的那件事情是什么啊？"

"你不是故意无视了吗？"

伊原嘟囔了一声，双手叉腰说道：

"电影里完全没有出现登山绳啊。"

登山绳……那是本乡拜托羽场准备好的东西，而且还交代得非常仔细周到。说起来，确实有这么回事啊。

七　不去庆功宴

看到我一时之间不知该怎么回答才好，伊原继续说道：

"摄影师是第七人这个点子很有趣，所有登场人物一齐看向摄像机的场面作为影像也很有震撼力——但是，那样的话，不管是哪里都用不到登山绳啊。"

确实。

不，并非如此。我进行了反驳，并且清楚感觉到自己的声音有些激动了。

"就算准备登山绳，也不一定是要用在诡计里面的吧？说不定她是打算在最后吊死摄影师的。"

听到我这么说，伊原有些受不了地白了我一眼。

"你在说什么啊，折木？如果是那样的话，为什么需要确认绳子的牢固程度呢？要是用登山绳这么牢固的东西拍摄那种场面，万一出现事故就无法收拾了吧？本乡学姐明显是想要牢固的绳子吊起很重的东西，比如说一个人……还是说这只是我想多了呢？"

最后的那句话说不定包含了伊原少有的体贴，但是我并没有注意到。她真的是想多了吗？我不这么认为。虽然只是一些很细微的地方而已……

我为什么会忘记这件事情呢？

"算了，总之我觉得那部电影很有趣。只是啊，你的思维周详到驳斥了二年F班那三个人的见解，却没有将全部信息都整合起来，这让我感到有些不可思议。仅仅是这样而已啦。"

伊原说完，给电视机套上了防尘罩。然后她不再看我，开始收

愚者的片尾
Why didnt she ask EBA?

拾起自己的书包。我听到她轻轻地说了一句"钥匙我会去还的",于是就先离开了教室。

我走下了特别大楼的楼梯,伊原的话语在我的耳边久久挥散不去。我本以为那个解决方案是符合所有事实的。当然细节上的安排和台词自然会有所不同,不过基本上能够算是本乡的本意吧。然而,我却有遗忘的地方。或许并不是忘记,而是因为不符合我的想法,所以潜意识里无视掉了吗?不可能,我才没有为了得到解答而扭曲主题……我很想这样认为。

我看着脚下走到了三楼,正准备继续往下走的时候,有人叫住了我。

"奉太郎,稍等一下。"

我转过头去,却没看到人。应该是里志的声音……我听得很清楚,不可能是错觉。我停下来等了一会,对方又叫了一声我的名字。

"是这边啦,奉太郎。"

他从男厕所伸出手来招呼我。如果是晚上的话,这完全是恐怖片了吧。我苦笑着朝那边走去。在厕所里的果然是里志。

"有什么事啊,里志?我可没兴趣和男人一起上厕所。"

里志彻底收起嘴角的笑意,声音和眼神都变得非常严肃,他以自己最认真的态度说道:

"我也没有那种兴趣。只是这里比较方便而已。"

"方便什么啊?臭死了。"

"我倒是觉得打扫得挺干净呀……因为女生没办法进到这里面

七　不去庆功宴

来啦。"

哈哈哈，原来如此。这确实没错。

"那么，你到底有什么事情要瞒着女生偷偷说？难道是要给我看小黄书吗？"

我故意开玩笑说道，但是里志没笑。

"小黄书这个用词也太古老了吧。如果你希望的话，我会帮你准备警察会找上门来的高级货哦。不过现在先听我说啦。"

唔。

"也就是说，是不想让伊原和千反田听到的事情吗？"

"算是吧。在大家面前说感觉有些尴尬。"

里志稍微压低了声音。

"奉太郎，关于刚才的电影啊，你真的认为那是本乡学姐的构想吗？"

这家伙也要说这件事情啊，而且不像是出自赞赏的角度。我意识到自己的脸色变得有些难看。

"是的，你想说什么？"

听到我这么回答，里志将视线从我的身上移开。

"这样啊……你真的是这样认为啊。"

不要摆出让人不安的态度啊。里志没有看着我，他似乎是觉得相当难以启齿，迟迟没有下文。无可奈何之下，我只好催促他说道：

"我这样想有什么不对的地方吗？"

"唔，这个嘛……"

愚者的片尾
Why didnt she ask EBA?

里志含糊其辞地点了点头。然后似乎总算是下定了决心,他开口说道:

"奉太郎,那是不行的,不符合本乡学姐的意图。虽然我无法推测出本乡学姐真正的意图,但是我可以确定绝对不是你那个方案。"

……他说得还真是直白啊。我没有受到打击或者是心生不悦,而是彻底愣住了。里志说的话只要不是开玩笑,那都是非常认真的,而他现在明显很认真。不过我还是重振精神回击道:

"你有什么根据呢?"

"当然有,我什么时候信口胡诌过吗?"

"我难道没有注意到什么致命的矛盾吗?"

但是,里志却很干脆地摇了摇头。

"并不是因为有矛盾。至少我没有发现。而且我确实觉得很精彩,刚才并没有骗你。只不过,那并非本乡学姐的本意。"

"怎么说?"

他咳嗽了一下。

"奉太郎,你考虑一下本乡学姐对侦探小说的理解程度。一无所知的学姐是用什么作品来'学习'的呢?"

这有什么关系吗?我讶异地回答道:

"是夏洛克·福尔摩斯吧。"

"没错。你明白吗?本乡学姐看过的侦探小说就只有夏洛克·福尔摩斯。尽管她表示会遵守十诫,但她也只是知道相关条目而已,

七　不去庆功宴

并没有看过诺克斯的作品。另外，奉太郎你向入须学姐提案的诡计则是属于叙诡。你知道叙诡吗？"

嗯，知道是知道。

"就是用文章的叙述方式来欺骗读者吧。在那部电影里面用拍摄方式隐瞒了第七人的存在，要说算叙诡那也没错啦。"

"是啊。奉太郎，接下来请你更仔细地听好了。"

里志停顿了一下，然后郑重其事地简短说道：

"叙诡在道尔的时代是不存在的。"

"……"

"你明白吗？除去极少数的例外，叙诡正式登场是从克莉丝蒂开始的，也就是进入二十世纪之后。我不认识本乡学姐，但是，我不相信她的推理能力可以与克莉丝蒂相提并论！"

我一开始没能理解里志到底在说什么。不过随着话语的意思逐渐渗入我的大脑，我开始产生了动摇。

本乡对推理小说的理解度停留在十九世纪中期的雾都伦敦，夏洛克·福尔摩斯的时代。这应该是没错的。同时，里志表示那个时代的人并没有创造出叙诡这个手法。

我一时之间像个笨蛋一样呆呆站立着，咀嚼着自己刚刚听到的话语。我既无法接受里志的见解，也无法做出拒绝。这个攻击来自意想不到的角度，让我的大脑彻底停止了思考。

里志同情地看着我说道：

"我个人会给那部电影A评价。将摄影师拉到聚光灯之下这个

愚者的片尾
Why didnt she ask EBA?

想法非常符合我的喜好。但是,如果奉太郎将那个当成是本乡学姐的意图,那么我就不得不提出异议了。"

"等一下。"

我快说点什么吧。

"我们又不了解本乡学姐究竟看过多少书。除了福尔摩斯之外,她也有可能在其他并非推理小说的作品中接触过叙诡吧。这种事情谁都没办法保证的。"

简直就是垂死挣扎。里志耸了耸肩膀,简短地回了我一句话:

"……如果奉太郎真心这样认为的话,那我是无所谓的。"

伊原和里志的连续攻击给我造成了严重的伤害。我并非脆弱的人,但是刚刚萌芽的自信是很容易受到创伤的。我无法对他们的话语做出有效的反驳。那么,自然而然就会怀疑起自己的方案来,这是很合理的事情。当然,我肯定是希望自己没有出错的。

所以,当我下了楼梯在门口处看到千反田的身影时,内心不禁大吃一惊。她明显是在等我。看到我之后,千反田马上垂下了视线。

"那个,折木同学……我有些话想跟你说。"

千反田,你也来这套啊?

从她那过意不去的态度看来,再加上刚才的两个前例,我基本上知道是什么事情了。我无奈地叹了一口气。

"是不方便在里志和伊原面前说的事情吗?"

千反田对我的明察秋毫深感惊讶,那双大眼睛瞪得更大了。然

七　不去庆功宴

后，她轻轻地点了点头。

我们一起走出校门。虽然考虑过要不要找间可以安静谈话的咖啡店，但是我常去的那家店离神山高中比较远，附近的店里则满是神高的学生。那么，一边走一边说也没差吧。太阳还高挂在天空，我主动切入了话题。

"你要说的是那部录像带电影的事情吧？"

"是的。"

"你觉得不满意吗？"

"……并不是这样的。"

她回答的声音很轻。

等待法官下达判决时或许就是这样的心情吧？按捺不住的我开口说道：

"你不用顾虑我。里志和伊原也说了那不是本乡的本意，我自己也……开始觉得他们说的也许没错。"

视线下垂的千反田抬起了头。我没有看向她，继续说道：

"你是怎么看的？"

"……我也觉得不是。"

"能说明理由吗？"

千反田沉默了一会，点了点头。

我也不知道就算听她说了又能有什么用。摄影已经结束了，现在再怎么讨论也是无济于事。从理性的角度来说，这是毫无意义的行动，明显违背了我的节能主义……不过，我似乎还保留着那么一

愚者的片尾
Why didnt she ask EBA?

丝自尊。

"你能告诉我吗?"

红灯亮了。人流被截断,人行横道前面不一会就出现了神高学生的人群。千反田没有回答,她大概是不想被其他人听到吧。我看着她的侧脸,发现她那平时非常柔和的眼角带上了一丝忧郁。眼睛没有睁得那么大的千反田看起来真的很清纯。

绿灯亮了,人流动了起来。于是,千反田慢慢地开始说了:

"折木同学,你知道这次的事情我最好奇什么吗?"

这有什么好问的,我很干脆地做出了回答:

"是二年F班的录像带电影会有怎样的结局吧?我们就是为此而不辞辛劳呀。"

但是,千反田却出人意料地摇了摇头,披在肩上的长发飘逸地摇荡着。

"不是的。我其实根本就不在意电影的结局,我也觉得折木同学的方案非常好。"

"那么……"

"我真正好奇的对象是本乡学姐这个人。"

千反田说着,瞄了我一眼。我大概露出了非常错愕的表情吧。在意本乡和在意电影的结局不是同一件事情吗?

千反田也许是察觉到我的想法了吧,她强有力地说道:

"这次的事情不管怎么想都很奇怪。本乡学姐真的是因为精神压力太大而病倒的吗……也许是真的。但是,如果是这样的话,那

七　不去庆功宴

么为什么没有拜托别人帮忙呢？比如说江波学姐。"

我歪着头，不明白她想表达什么。

"你缺少了主语和宾语。"

"啊……对不起，为什么入须没有拜托和本乡学姐关系比较好的人，比如说江波学姐，去帮忙询问设计好的诡计是什么呢？"

"……"

这是一个可能性的问题。也许是因为本乡需要静养，所以大家让她远离了需要耗费精力的剧本工作。

不过我还没说出口，千反田就继续说道：

"本乡学姐绝对有完成的构想。即使中途病倒了，也不可能没办法从她那里问到结局部分的核心——也就是诡计的内容。但是本乡学姐却没有告诉大家诡计的内容。

"我一开始以为本乡学姐是想强撑病体，只靠自己一个人将剧本完成。但是，从大家对她的描述听来，她并不是一个坚强执著的人，不太可能为了自己而让班上的同学一直等待。而且从她无法拒绝剧本作者工作这点来看，倒不如说她的个性相当软弱吧。

"那么，是因为对结局没有自信吗？认为自己的剧本不好，所以感到羞愧而不敢面对大家吗？因此，不管是谁来问，她都不肯说出故事的真相吗？

"……这应该也是不对的。我并不懂悬疑，不过，这个企划的参与人员明显比我要更加不熟悉悬疑。而且大家都是很好的人……无论本乡学姐给出怎样的方案，我觉得大家都不可能会对结局的好

191

愚者的片尾
Why didn't she ask EBA?

坏进行批评的。"

关于他们是不是"很好的人",每个人的意见都会不同吧。

千反田几乎就像是在说给自己听一样,话语显得断断续续很不流畅。

"那么,究竟是什么将本乡学姐逼得走投无路呢?这次的事情并不是像表面上看起来的那样。我很在意其中的别扭感。"

然后,她放慢脚步,果断地朝我投来了视线。

"如果折木同学的方案是真相,那么本乡学姐应该会直接告诉入须学姐或者她派过来的人。或者如果其他人的方案是真相,也同样如此。

"本乡学姐壮志未酬,却不得不放弃还没有完成的剧本,我很想知道她究竟是怎样的心境。不管是懊悔还是愤怒,总之我想知道正确的答案……但是,刚才的影像无法回答我的这个问题。如果我看起来像是不太满意的样子,那一定是因为这个理由吧。"

我沉默了。我、中城、羽场还有泽木口都是在影像中寻找着事件的真相,但是千反田却着眼于本乡自身吗?

她说的确实没错。譬如,江波说过本乡是她的朋友。如果只是想知道是怎样的诡计,那么应该有办法从本乡那里问出来吧。假设本乡的精神创伤严重到连这点事情都没法问……跟本乡以好友相称的江波就未免有些太过于淡定了。千反田向江波询问过本乡是个怎样的人,当时江波有些不高兴地回答"就算知道这些又有什么用"。如果自己的好朋友罹患重病,一般来说都无法表现得那么从容不迫

七　不去庆功宴

吧？

我只是把那部电影的剧本当成了单纯的阅读理解。舞台设定、登场人物、杀人事件、诡计、侦探,"犯人就在这里面"……

我根本就没有注意到,作品中反映了本乡这个与我素未谋面的人的心境。

……我还真是了不起的"侦探"啊!

想到这里,我重重地叹了一口气。千反田似乎是误会了什么,她慌慌张张地说道:

"啊,我并不是在责备折木同学。那个解决场面让我很吃惊呢。虽然那一定不是本乡学姐的想法,不过我觉得完成得非常出色啊。"

我只能苦笑。

因为写剧本的人不是我啊。

那天晚上,我躺在自己房间的床上,一边仰望着雪白的天花板,一边思考着。

看来我确实搞错了。这个打击已经逐渐淡化了。

和中城、羽场、泽木口一样,我也彻底失败了。我情不自禁地笑了出来。什么特别啊,入须还真会信口胡诌。我实在是愚蠢透顶,居然还飘飘然起来。最终,我和那三个人根本没什么区别嘛。

想到这里,我突然注意到一个问题……我真的失败了吗?

当然,事到如今已经非常明显了,我的方案并非本乡的本意。但是,在入须或者是二年F班看来,又是如何呢?他们的企划——

愚者的片尾
Why didn't she ask EBA?

录像带电影的制作度过危机，得以顺利完成。从这个观点来看，我是成功的。录像带电影《万人的死角》是连挑剔的伊原也表示赞赏的好作品。

更进一步来说，无论我自己对这个方案的评价是怎样，都无法改变我成功了这个事实。也就是说，我确实具备技术，并且完成了只有我才能做到的事情。

既然如此，那么那句话是有意义的吗？入须在茶店"一二三"轻轻吐出的那句话——"任何人都应该有所自觉"。她像是在阐述世界的真理一般说出来并对我起了作用的那句话，是有其意义的吗？

此时，我变得无法认知自己以外的一切。这个感觉马上被推翻，我突然觉得唯独自己不存在于这里。我看到中城的方案被采用，看到羽场的方案被采用，看到泽木口的方案被采用。既空虚又与现实迥异的情景让我感到很舒服。

不过，幻象一下子就消失了。

我刚想到某件事情，转瞬间就忘得一干二净。紧接着，千反田感到不满意的这个事实浮现在我的脑海之中。我进行了非常自然的联想……那么就再稍微思考一下吧，这应该不是毫无意义的行为。

但是，我究竟是哪里弄错了呢？入须知道我搞错了吗？

还有千反田在意的那件事。本乡为什么没有告诉大家故事的真相呢？或者说她为什么没办法告诉大家呢？换句话来说，那就是入须为什么没有拜托江波去帮忙问话呢？

我的面前放着资料，之前一直放在书包里忘记拿出来了。

七　不去庆功宴

……但是，我实在是没有头绪。我不知道灵光一闪是源于幸运还是才能，总之它就是迟迟不来。我在床上辗转反侧，床单被我弄得一团乱。我还大大地拱起身子，上下颠倒地观察房间。

这时，我在书架上发现了一个奇妙的东西。

我从床上下来，蹲在书架前面。这里虽然是我的房间，不过以前属于老姐，所以她的东西有一部分至今仍留在这里。在书架的一角摆着老姐的书，因为都是一些奇怪的书，所以我很少去留意。

我拿起来的那本书叫做《神秘的塔罗牌》。我一直都不知道原来老姐居然是卡巴拉爱好者啊。

窗外月色朦胧，我就着灯光随性地翻着那本书。我要找的自然是"女帝"这一项。光是"女帝"这一项就写了整整十页，其中第一行是这样写的——

Ⅲ.女帝（The Empress）
代表母爱、丰富的心灵、感性。

搞什么啊，根本和入须搭不上边嘛。我大致看了一遍，按照塔罗牌的暗示，入须勉强比较适合"隐者"吧。回想起来，入须这个"女帝"的外号并不是取自塔罗牌的，是里志将两者联系到一起。

说起来，那家伙还帮古籍研究社的每个人设定了象征啊。我记得伊原是……

愚者的片尾
Why didnt she ask EBA?

Ⅷ.正义（Justice）
代表平等、正义、公平。

嗯，基本没错。虽然里志是基于"正义是严苛的"这个语感上的理由将"正义"分配给伊原的。

用这种方式来转换心情似乎挺不错的。唔……里志是"魔术师"，千反田是"愚者"吧。

Ⅰ.魔术师（The Magician）
代表事情的开端、独创性、兴趣。

无号码　愚者（The Fool）
代表冒险、好奇心、冲动的行为。

哈哈哈，原来如此。是根据暗示来分配的啊。我笑了。不过，其实塔罗牌是相当深奥的，"愚者"还有"放荡的爱"这样的意思，"魔术师"又代表了"社交性"，所以并非是完全一致的。对了，我自己是什么来着呢？啊，是"力量"。

Ⅺ.力量（Strength）
代表坚强的内心、斗志、情谊。

七　不去庆功宴

这算什么啊？

完全不一致。也许我确实是缺乏自觉，但是这明显不适合我啊。里志明明知道我的信条啊，"如果可以不去做的话，那就不做。实在非做不可的话，那就尽快解决"。

那么，里志为什么选择了这个象征呢？

说起来，他那个时候的态度像是在开玩笑。既然是里志的玩笑……那么，不可能在道理上讲不通的。

……我实在是太闲了吧。或者我单纯只是想转移自己的注意力，借此忘掉愚蠢的失败？我盯着《神秘的塔罗牌》看了一会，突然理解了里志的玩笑。因为我在"力量"的说明文字里发现了这样的一段内容——

"力量"的图像是温柔女性驾驭（控制）了凶猛的狮子。

也就是说，里志想表达我被女性驾驭的意思吧。以前是老姐，最近是千反田，这次则是入须……就是这么回事吧。

混账东西，区区里志还真是嚣张啊，居然敢这么说我！我才没有被那些家伙给控制，我可是……

我回顾了一下自己的所作所为。

说不定真的是"力量"吧。

算了，不管怎样，塔罗牌还真是有趣啊。与"正义""魔术师""愚者"相比，里志对"力量"的着眼点完全不同。脱离了塔罗牌的暗

愚者的片尾
Why didnt she ask EBA?

示,按照图的涵义而将"力量"选为我的象征,这确实很符合里志的玩笑风格。所谓的换个角度来思考,对吧。

真是不错的消遣。我也比较满足了,就忘记本乡那件事吧,这才符合我的节能主义啊。我这样想着,坐到了床上。

……

?

我又站了起来。

那是纯粹的偶然。

隔天,我见到了自己想见的人。而且是在方便进行交谈的时间,也就是放学后。

不需多说,那个人自然是入须冬实。她一看到我就笑着和我打招呼。

"折木,上次真是多谢你了。看过录像带了吗?"

我难掩僵硬的表情,回答道:

"不,还没有。"

"这样啊。我觉得完成得相当不错。都是靠你的协助才得以完成,希望你一定要看一下……啊,对了,为了庆祝电影杀青,这个周六要召开庆功宴。我想你也有权利参加的。"

我摇了摇头,表示不会去参加庆功宴。

入须想必看出我的态度不太自然,她微微挑了一下眉毛,不过口气并没有变化。

七　不去庆功宴

"这样啊。算了，这是你的自由。那我走了。"

我叫住了准备离去的入须。

"入须学姐。"

然后对转过头来的女帝说道：

"我有话要跟你说。"

场所和上次一样是在茶店"一二三"。

今天不是入须请客。我慎重地看着菜单，最后点了云南茶。我本来以为这家店只卖日本茶，没想到还有中国茶、红茶，甚至连咖啡都有啊。入须今天依旧点了抹茶。

在我们等待点的东西送来时，入须先开口了：

"你要和我说什么？"

我有点犹豫，不知道该从哪里开始说起。不过，自然而然说出口的第一句话果然还是——

"学姐。学姐你上次在这家店说我是有技术的，说我是特别的。"

"是的。"

"……那我是拥有什么技术呢？"

入须只有嘴角流露出一丝笑意。

"你是希望我说出来吗？是推理能力这个技术。"

这个人还是坚持这么讲啊。

我既不生气也不愤慨，反而异常冷静地否定了她的话。

"不是吧。"

愚者的片尾
Why didn't she ask EBA?

"……"

"我看的推理小说并不多,不过我知道有句很有名的台词。'你不该当侦探,而应该去做推理作家'。这是在听到异想天开的推理时,犯人经常会说的台词。"

入须默默无言地喝着抹茶。我的直觉告诉我她表面上的客套已经消失,恢复成原本的入须了。

尽管如此,我还是继续着自己的话语。

"我不是侦探,而是推理作家吧。"

"咚"的一声,我放下了茶杯。

入须仿佛觉得无关紧要一般,态度冷淡地回答道:

"你是从哪里得到提示的?"

果然是这样啊。我祈祷着,原本希望事实并非如此,但是入须冬实却轻描淡写地将其打碎。

然而,我却平静到连自己都感到惊讶的地步。

"是夏洛克·福尔摩斯。"

"……哦。"

"本乡学姐是通过夏洛克·福尔摩斯来学习推理小说的。千反田把那些书借了回来,因为威士忌酒心巧克力的威力而忘在社团活动室没有带走。我将那些拿过来看了。"

入须笑了。那是和之前截然不同的浅笑。

"你是从那里得到提示的吗?"

"……我整理出来了。"

七　不去庆功宴

我从胸前口袋拿出一张从笔记本撕下的纸，上面列出了夏洛克·福尔摩斯六本短篇集（其实应该是五本，不过延原译本是六本）中的"办案记"和"档案簿"目录上有双圈或打叉记号的故事篇章。

双圈
歪嘴的人
苍白的士兵案
三名同姓之人案

打叉
身份之谜
五枚橘籽
花斑带探案
单身贵族探案
三面人形墙案
蒙面房客案

我停顿了一下，让入须能有时间大致看一遍。

"我一开始以为是本乡将能用的点子和不能用的点子进行分类，但是并非如此。我打电话问了里志，他惊讶地说《红发会》和《三名同姓之人案》用的是同一种诡计，为什么晚一些发表的《三名同姓之人案》是双圈，《红发会》却是三角呢？"

愚者的片尾
Why didnt she ask EBA?

入须以眼神催促我快点往下讲。

"我向里志问了各个篇章的内容……入须学姐,我接下来会提到夏洛克·福尔摩斯小说的一些情节,你是属于死也不想被剧透的类型吗?"

"不,我不在意的。"

"这样啊。不过如果学姐听到不想听的内容,你可以转开头或者捂住耳朵,方法就交给你自己来选了。"

为了慎重起见,我还是再三强调了一下。

虽然我并没打算进行严重的剧透。

"首先从双圈开始。

"《歪嘴的人》。这是福尔摩斯受委托去调查一个杳无音信、被认为无望存活的男人,最后确认他还活着的故事。委托人是那个男人的妻子。

"《苍白的士兵案》。这个故事的内容是一名男子得知自己的好友被隔离起来了,于是委托福尔摩斯去调查理由。最后查明其实没有必要被隔离,所有人都感到安心了。

"《三名同姓之人案》是《红发会》的翻版。其中最让人印象深刻的是,平时沉着冷静的福尔摩斯因为担心被枪击的华生,而难得展现出慌乱的样子。顺便一提,华生只是受了轻伤。"

我喝了一口云南茶,完全品尝不出味道来。

"接着让我们来看打叉的吧。由于数量比较多,就从里面挑选出三个来讲。

七　不去庆功宴

"《五枚橘籽》是说有个青年看到自己身边的人接连死于非命，于是为了保命而跑去找福尔摩斯。但是，福尔摩斯未能防止他死去。

"《花斑带探案》，这个故事的内容是一名女子因为自己的姐姐死得很怪，于是跑去委托福尔摩斯调查。犯人的身份很明显，所以我就直说了，是她们的父亲。目的是她们的……简单来说就是遗产。

"《三面人形墙案》主角是一名死了儿子的母亲，有人问她愿不愿意将房子和家产都卖掉。在事件的背后，隐藏着一个曾经被那名女性狠狠甩掉最后死去的男人心中的怨念。"

说到这里，我等待着入须的反应。

入须轻轻地拨开了刘海。

"哦，你是从这些看出来的啊。"

"知道这些之后，我感觉自己稍微理解了本乡的喜好。本乡根本就不在乎推理小说在内容上是否精彩。里志也说了，给《花斑带探案》打叉，却给《苍白的士兵案》打圈，那根本是不可能的事情。"

我吞了一口唾沫。

"对此，我的解释是这样的。本乡应该是喜欢圆满的结局，讨厌悲剧。只要故事里面有人死，她就不喜欢了。"

入须没有回答。

那大概是肯定的证明吧。

"在发现这点之后，很多事情就能说得通了。首先是血浆很少那件事，另一个是问卷调查结果的奇怪之处。"

"问卷调查结果？"

愚者的片尾
Why didnt she ask EBA?

我从挎包里取出泽木口借给我们的笔记本，翻开现在正提到的那一页，用手指按住了。

　　No.32　死者人数是多少？
　　·一人……6
　　·两人……10
　　·三人……3
　　·更多
　　　四人……1
　　　全灭……2
　　　一百人左右……1
　　·无效票……1

　　推荐死两个人（不过是否采用由本乡来决定）

入须的视线瞬间看向笔记本，然后流露出转瞬即逝的严厉神色。
"……你从哪里拿到这个的？"
"有人很大方地借给了我们。关于这个问卷调查啊——"
"在只需要写数字的调查中，'无效票'是什么呢？在其他的调查项目里，如果什么都没写的话就会统计为'空白票'。就算写了超过登场人数的死者数量，也照样统计进去了，比如'一百人左右'。那么，无效票究竟是什么呢？"

七　不去庆功宴

入须似乎觉得很有趣，帮我把后面的内容补充完整了。

"即使血浆很少也足够应付的死者人数。那张票被否决了。"

我从正面注视着入须。她泰然自若地承受住了我的视线。

我用低沉的声音将结论说了出来。

"本乡的剧本里应该是没有死者的。"

我觉得入须好像翘起了一边的嘴角。

"你真是有一套。"

入须依旧很平静。她悠然自得地喝着抹茶，连一丝一毫的动摇都没有。为什么她能够如此沉着呢？因为看穿了我的心境吗？

入须静静地放下了茶杯。

"既然你知道得这么清楚，那我就没什么好说的了。正如你说的那样，本乡的剧本里没有死人。如果不是这样的话，她根本不会想写悬疑剧本。她就是这么一个女孩子。"

我紧接着说道：

"然而，班上的同学却根本不是这样想的，导致出现了很多无法控制的即兴发挥。而且我从中城那里听说了，本乡并没有参加实际的拍摄。更重要的是，剧本里一个字都没提到海藤死了。上面只写了海藤受了严重的伤，叫他也得不到回应。可是在影片里面却……

"那只切断的假手做得非常棒，连伊原都赞不绝口，的确是非常逼真。

"不管怎么看，海藤都死定了。在本乡毫不知情的情况下，伤害事件变成了杀人事件。是这样吧？"

205

愚者的片尾
Why didn't she ask EBA?

入须点了点头。

但是，我并没有满意，语气变得更加激烈。

"接下来全部都是我的想象，没有任何证据。但是学姐，我还是不得不说。

"本乡无法向同学们指出影片和剧本产生了致命的偏差。因为那样会让大家放弃已经拍摄好的影像，舍弃掉小道具组使出浑身解数制作好的道具，所以本乡实在是没办法说出来。她的个性太过软弱，同时又非常认真。我认为本乡自己也挺过意不去的，坚持在悬疑作品里不死人实在是太勉强了。

"于是，入须学姐你就登场了。"

入须面无表情，不，似乎是露出了一点微笑。

我并没有激动，只是声音有点大而已。

"再这样下去，本乡就会变成罪人，大家一定会强烈批判她弃剧本于不顾。所以你让本乡'生病'，使得剧本变成'未完成'，这样造成的伤害会比较小。然后你召集了班上的同学，举办了推理大会。"

然而——

"然而，你实际上是借此来征选剧本。如果直接说要写剧本的话，想必大家都会望而却步吧。所以你将本乡生病当成冠冕堂皇的理由，让大家进行推理。在发现班上的同学拿不出好成绩之后，又把我们给卷进来了。没有人察觉到自己其实是在进行创作，包括我在内。因为被你故意转换了角度。

七　不去庆功宴

"你用我的创作替换了本乡的作品，使得本乡不会受伤。是这样没错吧？"

"我从刚才开始就没说你错了。"

"那么！"

我稍微将身子探了过去。

"你说我具有技术，这也全都是为了本乡吗？为了让我给出好的代替方案来吗？"

"……"

"你在这家店里用体育俱乐部的例子说服了我。有才能的人如果对自己的才能毫无自觉的话，那么会让没有才能的人觉得无比讽刺。我现在总算能说出来了。入须学姐，你其实是开玩笑的吧。有没有自觉根本不重要，让人觉得讽刺那又怎样啊。有'女帝'这个外号的你应该不可能这么多愁善感的。"

"你要的只是结果。"

里志说自己没有成为Holmesist的才能时，我表示了反对意见。那么，我们俩谁才是正确的呢？不管是谁，都没有太大的意义。能当就去当，不能当那就不当，仅此而已。

热情、自信、自命不凡、才能，这一切在客观面前都会失去意义。入须只是为了使唤我才会将我捧得那么高。她的手段非常有效，我完成了让入须满意的创作。

"任何人都应该有所自觉这句话也是谎言吗！"

……即使我的话说得如此之重，入须依然是不为所动。她既不

愚者的片尾
Why didnt she ask EBA?

胆怯,也不觉得愧疚。

沉默之中,我思考着很无聊的事情。

"女帝"这个外号还真是适合她啊。我回想起里志说过的话:入须身边的人都会被她当成棋子。如此待人却绝不后悔的姿态确实很符合女帝的风貌。

入须以缺乏抑扬顿挫和感情的冷峻语气回答道:

"那并不是发自内心的话语。如果想将其称为谎言的话,那是你的自由。"

我们的视线交会在一起。

无言。

……我知道自己笑了。

然后发自内心地这样说道:

"听到你这么说,我就安心了。"

八 片尾字幕

愚者的片尾
Why didnt she ask EBA?

日志编号00299

MAYUKO:真的非常感谢

请输入姓名:够了

请输入姓名:你从刚才就一直在说这句话

请输入姓名:道谢的话我在学校已经听腻了，不需要了

MAYUKO:可是

MAYUKO:谢谢你

MAYUKO:全都是我的错

MAYUKO:大家那么期待杀人的场面

MAYUKO:却因为我写出那样的剧本

请输入姓名:不准说对不起

MAYUKO:对不起

MAYUKO:啊

请输入姓名:事情已经全部解决了

请输入姓名:虽然电影的内容并不是你所期望的那样

请输入姓名:但是，能完成就是很了不起的事情了

MAYUKO:才没有这回事

请输入姓名:你是在回我的哪句话

MAYUKO:啊,我是在回你说'电影的内容并不是我所期望的'

八 片尾字幕

那句
MAYUKO:我最大的期望
MAYUKO:就是大家完成作品一起高呼万岁
请输入姓名:受不了你,你这个人还真是
MAYUKO:什么
请输入姓名:算了,没什么

日志编号00313

是·我·啦♪:看来很顺利啊。
请输入姓名:这都是托学姐的福
是·我·啦♪:哪里哪里,不要客气。小事一桩啦。
请输入姓名:只是,对他
请输入姓名:有些过意不去啊
是·我·啦♪:你真的这样想?
请输入姓名:什么真的啊?
是·我·啦♪:对他过意不去。
请输入姓名:对地球另一侧的人
请输入姓名:虚张声势也毫无意义吧
是·我·啦♪:啊哈哈,也对。
是·我·啦♪:不过啊。

愚者的片尾
Why didnt she ask EBA?

请输入姓名:嗯

是·我·啦♪:你对我也说谎了吧。

是·我·啦♪:喂,这种时候不要不说话!

请输入姓名:说谎吗

是·我·啦♪:没错。这种伎俩不能对地球另一侧的人用啊。

是·我·啦♪:尤其是对我。

是·我·啦♪:开玩笑的啦。

请输入姓名:我哪有说谎啊

是·我·啦♪:你不是因为想保护写剧本的那个女生,才来找我帮忙的吧?

是·我·啦♪:归根结底,问题在于剧本的水准吧?

是·我·啦♪:你想换掉不出彩的剧本。

是·我·啦♪:却装成是不想伤害那个写剧本的女生。

是·我·啦♪:演了一场虚情假意的戏,不是吗?

是·我·啦♪:不过那个笨蛋似乎并没有发觉这一点。

请输入姓名:学姐

请输入姓名:我是处于不能让那个企划失败的立场

请输入姓名:学姐?

是·我·啦♪退出了房间

日志编号00314

八 片尾字幕

奉太噜:这样就可以了吗

L:是的,没问题了

L:你的昵称好奇怪啊

奉太噜:我想输入"奉太郎"却打错了。懒得改就这样直接用了

奉太噜:不过有些不对劲啊

奉太噜:显示的上次访问时间是刚才呢

L:咦?

L:折木同学,你今天是地衣次用这个聊天室吧?

L:第一次

奉太噜:是的

奉太噜:算了,不管了

L:那么,本乡同学构思的剧本究竟是怎样的内容啊

奉太噜:啊啊,打字好麻烦

L:折木同学?

奉太噜:好啦,听我说

奉太噜:因为她并没有告诉我,所以我只能靠想象

奉太噜:如果海藤没有死的话,那么密室就可以解开了

L:即使没有摄影师这个角色吗

奉太噜:你也很坏心眼啊。犯人是鸿巢,进入路线是窗户

L:咦,可是窗户

愚者的片尾
Why didnt she ask EBA?

奉太噜:是右侧等候室的窗户。有两间，无论哪间都没关系

奉太噜:鸿巢利用登山绳潜入了右侧的等候室

奉太噜:然后捅了海藤一刀

奉太噜:还不到致命的程度

奉太噜:再用登山绳回到二楼

奉太噜:装出若无其事的样子下到玄关大厅

奉太噜:完毕

奉太噜:也就是说，羽场其实离真相很近了，真是可惜啊

L:那么本乡学姐找的第七人又是?

奉太噜:啊啊，那个其实在未完成的状态就已经出现了

奉太噜:我后来才注意到，影片中其实有七个人出场

L:咦?影片里明明只有六个人呀

奉太噜:演出人员并不只包括演员

奉太噜:不是有旁白吗?负责介绍登场人物的那个

奉太噜:片尾字幕的演出人员应该也是七个人

L:啊啊，原来是这样!

L:可是这样一来，就无法解释海藤学长倒下的房间

L:为什么会上锁啊

奉太噜:海藤自己跑到上游，然后把门锁上了

L:为什么要这么做?

奉太噜:一般来说，都是为了躲避犯人的追击……

奉太噜:不过在这部片子里可能并不是这样

八　片尾字幕

L:啊，我知道了

奉太噜:哟，真难得啊

L:因为我觉得自己好像有些理解本乡学姐的心情了

L:海藤学长在被鸿巢学姐捅了之后

L:跟鸿巢学姐说了一些话

L:问她为什么要攻击自己

L:也可能是问她为什么不干脆捅死自己

L:然后，海藤学长为了包庇鸿巢学姐

L:他让鸿巢学姐回到二楼，而自己跑到上游去

L:咦，可是他要怎么解释自己的伤势啊

奉太噜:我的想法和你一样

奉太噜:伤势很简单啦。那个房间里玻璃产卵一地

L:真是不可思议的玻璃啊

奉太噜:是"散乱"。你是伊原吗

奉太噜:只要说是在那里跌倒受伤，就能掩饰过去了吧

奉太噜:鸿巢为什么要捅海藤。海藤又为什么会原谅鸿巢呢

奉太噜:这我就不知道了。只要本乡不说出来，就永远是个谜。

L:这是没办法的事情

L:虽然我很好奇

L:为什么要刺杀自己的同学，受害人又为什么要放跑刺杀自己

愚者的片尾
Why didn't she ask EBA?

  的行凶者

L:本乡学姐到底是怎么描写的呢

L:虽然我对此非常非常好奇

奉太噜:话说，我有一件事情很想知道

L:什么事情啊

奉太噜:说不定只是我的错觉

奉太噜:对于这次的事情，你该不会是知情的吧

L:咦？

L:我什么都不知道啊

L:你为什么会这么问？

奉太噜:二年F班的人再加上我，一共四个人

奉太噜:我们所有人的方案都无法让你接受

奉太噜:这不太像平时的你。理由仅仅是因为你对本乡有同感
  吗

L:哦，原来是这样啊

L:这个嘛，我觉得这是因为我和本乡学姐很像

奉太噜:?

L:啊，感觉有点不好意思呢

L:请不要笑我哦

L:其实我也

L:讨厌有人死的故事啊

后记

大家好，我是米泽穗信。由于三十二这个不可思议的力量，让我没办法好好地问候大家，所以就一切从简吧。

和上一作品《冰菓》相比，本作在各种意义上都涉及了悬疑。另外，本作的其中一部分是以实际发生过的私人事件为蓝本，不过登场人物并没有特定的原型。我可不想惹当时的工作人员们不高兴，所以特地在此声明。

喜欢悬疑的诸位读者，也许你们已经看出来了，本作是带着对柏克莱《毒巧克力命案》的热爱与敬意写成的，与克莉丝蒂并无关联。将过去的杰作当成范本究竟汲取了多少精华呢，这就交给诸位读者来判断了。另外，毒巧克力风格+影像有我孙子武丸老师的《侦探电影》这个前例。如果没有看过的话，请务必去找来看一下。

话说，本作的各个章节并没有什么特别的深奥含义。不过，只有第五章的命名方式稍微有那么一点特别。但是很遗憾，剩余的篇幅不足以将那个惊人的方法写出来。就和上次的"寿司"事件一并留到下次一起说吧。希望还能有机会。

那么，今后也请大家多多关照了。

米泽 穗信

图书在版编目（CIP）数据

愚者的片尾 /（日）米泽穗信著；方宁译. — 长沙: 湖南美术出版社, 2013.8（2023.2重印）
ISBN 978-7-5356-6357-3

Ⅰ.①愚… Ⅱ.①米…②方… Ⅲ.①长篇小说－日本－现代 Ⅳ.①I313.45

中国版本图书馆CIP数据核字(2013)第157277号

原著名:《愚者のエンドロール》，著者: 米澤穗信
©Honobu YONEZAWA 2002
First published in Japan in 2002 by KADOKAWA SHOTEN Co.,Ltd., Tokyo.
Chinese translation rights arranged with KADOKAWA SHOTEN Co.,Ltd., Tokyo.
Translation copyright © 2013 by Guangzhou Tianwen Kadokawa Animation & Comics Co.,Ltd.
本书中文简体字翻译版由广州天闻角川动漫有限公司出品并由湖南美术出版社出版。未经出版者预先书面许可，不得以任何方式复制或抄袭本书的任何部分。
湖南省版权局著作权合同登记号: 18-2013-176

本书为引进版图书，为最大限度保留原作特色、尊重原作者写作习惯，故本书酌情保留了部分外来词汇。特此说明。

愚者的片尾

广州天闻角川动漫有限公司 出品

著　　者	（日）米泽穗信
译　　者	方宁
出　　版	湖南美术出版社
地　　址	长沙市东二环一段622号
经　　销	全国新华书店
出 版 人	李小山
出 品 人	刘烜伟
责任编辑	谢爱友　曹汝珉
美术编辑	罗毅俊
制版印刷	凸版艺彩（东莞）印刷有限公司
开　　本	890mm×1240mm 1/32
印　　张	7
版　　次	2013年8月第1版
印　　次	2023年2月第4次印刷
书　　号	ISBN 978-7-5356-6357-3
定　　价	35.00元

版权所有 侵权必究

本书如有印装质量问题，请与广州天闻角川动漫有限公司联系调换。
联系地址: 中国广州市黄埔大道中309号羊城创意产业园 3-07C
电话:（020）38031253　传真:（020）38031252　官方网站: http://www.gztwkadokawa.com/
广州天闻角川动漫有限公司常年法律顾问: 北京市盈科（广州）律师事务所